读客

读客外国小说文库

熊猫君激发个人成长

睡在汽车里的女孩

[美]珍妮弗·克莱门特 著

孙璐 译

上海文艺出版社

GUN LOVE

JENNIFER CLEMENT

—— PART 1 ——
第一部分

自从妈妈把整个世界的真相解释给我听，我意识到世上的每个人都在背负着秘密、破碎的骨头和伤人的话语行走，哪怕用肥皂也无法洗净。

第一章

我的妈妈是一杯调味的蔗糖，任人索取，谁都可以把她借走。

我的妈妈甜美芬芳，她的手像捧过生日蛋糕，她的呼吸混杂着五彩缤纷的"救生员"软糖的味道。

她熟知所有来自"爱情大学"的情歌，譬如《慢慢走近我》《昨夜你在何处安眠》《生来命苦》，和那些"如果你离开我，我就杀了你"之类的歌。

然而甜蜜女士总想着去找糟糕先生，糟糕先生更是能在人群中轻而易举地发现甜蜜女士。

我妈妈张开嘴巴，摆成一个大大的"O"形，把糟糕先生吸进了身体里。

我想不明白：既然那些情歌中所讲的道理，我的妈妈全都一清二楚，她为什么还要跟这个男人纠缠不清呢？

听见他说他叫伊莱的时候，我妈妈立刻跪倒在地，向他俯首称臣。

他的声音一下子俘虏了她，他说的第一句话也正是她想听的。他对她轻语吟唱："我是你的解药，甜蜜的宝贝，我的宝贝，哦哦哦，你的名字永远写在我的心里。"

从那以后，他只要吹一声口哨，就能把她召唤到身边。

第二章

你问我是什么人？好吧，我是在一辆汽车里长大的。住在汽车里的时候，你不用担心风雨和雷电，唯一需要害怕的是拖车开过来，把你的汽车拖走。

我妈妈和我搬进那辆福特"水星"汽车的时候，她只有十七岁，而我是个新生儿。我们的车长期驻扎在佛罗里达州中部的一座房车露营公园，就停在公园的最边上，那里是我记忆中唯一的家。我们过着两点一线的简单生活，从不过多地考虑未来会怎么样。

那辆旧福特车是我妈妈收到的十六岁生日礼物。

这是一辆1994年款的福特水星托帕兹，自动挡，曾经是红色的，但我妈妈每隔几年就要给它喷一层白漆，仿佛把它当成了真正的房子，不过，你依然可以在车身上那些星星点点的刮痕部位看到原来的红色喷漆。透过车前窗，房车露营公园的全景一览无余，还能看到一块大牌子，上面写着：欢迎来到"印第安水域"房车公园。

搬进汽车里住的第一天，妈妈把车停在了一块写着"访客停车处"的标志牌前，她以为我们最多在那里待两个月，没想到一待就是十四年。

偶尔会有人问我妈妈住在车里是什么感觉，她回答：总是在找洗澡的地方。

话虽这样讲，其实我们唯一真正担心的是CPS——儿童保护服务处——找上门来，我妈妈也害怕我的学校或者她工作的地方有人给虐待行为举报中心打电话举报她，然后社区来人把我带走，送到别人家里寄养。

她知道，对我们而言，那些缩略词——CPSL（《儿童保护服务法》）、FCP（看护寄养中心）和FF（孤独儿童帮助中心）——与墓碑上刻的RIP（安息）含义并无二致，唯一的作用就是令人绝望。

我妈妈说，我们不能四处闲逛，更不能交太多朋友，因为总有人喜欢单方面大发圣母心扮演上帝，做出自认为是在帮助我们的事情。所谓的"朋友"，到头来很可能会把我们送上法庭。

"从什么时候开始，让孩子住在车里也成了虐待行为？"妈妈有时会这样问我，但她并不期望听到我的回答。

房车露营公园坐落在普特南县，这里是一片清理出来的空地，至少能够容纳十五辆房车，但实际上只停了四辆，我的朋友艾普尔·梅和她的父母（"鲍勃中士"和罗丝）就住在其中一辆房车里，还有一辆车上独自住着雷克斯牧师，罗伯塔·杨和她成年的女儿诺埃尔住在牧师旁边的车上，紧靠着破旧的休闲区，最后一辆车上住了一对墨西哥夫妇雷伊和科拉松，他们家的车靠近公园背面，离公园入口和我们的车最远。

我们所处的位置并非毗邻温暖海滩和墨西哥湾的南佛罗里达，也不在橘园或者美国最古老的城市圣奥古斯丁周围，与蚊群如云、随处可见受到厚重藤蔓荫护的精致兰花的佛罗里达湿地也有相当远的距离。假如想去大街小巷回荡着古巴音乐、满是敞篷车的迈阿密逛逛，更是要开上很长时间的车。佛罗里达著名的"动物王国"和"神奇王国"同样远在数英里之外。总而言之，我们这里是个前不靠村、后不着店的荒郊僻壤。

这儿只有两条高速公路和一条溪流，我们用"河"来称呼这条小溪，尽管它不过是源自圣约翰山、环绕房车公园的一线细小的水流。穿过房车公园后方的小树林，就是本地的垃垃堆放场，垃圾的气味时时在我们的鼻孔周围萦绕，比如腐蚀的烂电池、变质的食物、有毒的医疗垃圾、药物和化学清洁剂散发出来的锈味、臭味、刺鼻气味和怪味。

我妈妈说，什么人竟敢在神圣的印第安领地上开辟房车公园和垃圾场呢？这片土地属于古老的蒂慕夸部落[1]，他们的精神无处不在，渗透到土壤之中。假如你种下一颗种子，土里会长出别的东西：种下玫瑰，长出康乃馨；种下柠檬，长出棕榈；种下白橡木，长出高个子男人。这是一片扭曲错乱的土地。

我妈妈说得没错。我们所在的佛罗里达州的这个部分，一切都处于扭曲错乱之中，这里的生活就像鞋子穿错了脚。

当地商店的柜台上常年摆着一排报纸，就在口香糖和糖果旁边，我习惯走进商店浏览这些报纸的标题，从而知道生活在佛罗里达需要注意些什么。比如《拨打911不如买枪》《重新安置的野熊返回城市》《墨西哥海洛因致四人死亡》，以及《飓风预计不会出现，未来几日持续阴天》。

有一年夏天，我们这儿的那条"河"附近出现了一对连体双胞胎短吻鳄，这两个小东西共用一个身体，一共有四条腿、

1　Timucua，佛罗里达州中北部最大的土著群体。——编者注（本书注释如无特别说明，均为编者注。）

两个头。

最先发现它的是我的朋友艾普尔·梅。当时她正沿着河边散步，在木质小码头那边的沙地上看见一对小鳄鱼，它们布满绿色鳞片的脊背上还粘着几块白色的蛋壳。

艾普尔·梅没有在原地逗留，她知道众所皆知的一条道理：假如发现了鳄鱼蛋，附近一定还有一条愤怒的母鳄鱼。

那天下午，消息传遍了整个房车公园，大家纷纷前往河边，看看小鳄鱼是不是还在，结果发现两只小鳄鱼依然留在它们破壳而出的地方，周围散落着许多细小的蛋壳碎片，但并没有见到母鳄鱼出没，这对连体小鳄鱼只比小鸡大了一点点。

第二天早上，第一批本地记者抵达现场。中午刚过，国家电视台的记者们就随同装载着各式拍摄设备的卡车赶到了。天还没黑的时候，就有人用一根细长的蓝色缝纫线把连体鳄鱼的一条腿绑在了棕榈树上，防止它们逃脱。

整整两天的时间里，房车公园外面那个平时悄无声息的"访客停车场"停满了小汽车和新闻卡车，拍摄和播出设备摆得到处都是。我们这儿的连体双胞胎鳄鱼宝宝——生于扭曲错乱之地——上了全国新闻。

只有一位记者对我们的汽车住所感兴趣。她是个身材高挑的黑人，浅绿色的眼睛，戴着印有"CNN新闻"字样的棒球帽。我们的相遇纯属偶然：当时这位记者正沿着河边朝前走，无意中往我们敞开的车窗里瞥了一眼。

当时我妈妈还没下班，她在退伍军人医院当清洁工。我则刚刚放学回来，正把汽车仪表板当成案板，做花生果酱三明治。

记者趴在我们的车上，脑袋探进福特水星的窗户，四下打量。

"你住在这里吗？"她问我，眼睛扫视着后座。

我点点头。

"那是你的吗？是你画的吗？"她指着一张画着太阳系的蜡笔画问我，那张画用透明胶带贴在驾驶座的靠背后面。

她的手指上戴着纯金结婚戒指和镶着大钻石的订婚戒指。

我总喜欢打量女人的手，看看她们是不是结婚了。我妈妈说，戒指相当于爱情的护照或者驾驶执照。

我点点头，把涂了厚厚一层蓝莓酱的面包片搁在盘子上。

"不，不要让我打扰你做午饭，请继续。"她说，"我想问问你关于鳄鱼宝宝的事，好吗？但首先我需要问几个基本的问题，你多大啦？"

"我九岁。"

我无法把视线从她手上那两枚代表"永恒的爱"的戒指上移开。

我那时只有九岁，这件事我记得很清楚，因为小短吻鳄是在我十岁生日的前一周出现的。我还把自己住在汽车里的生活分成两个阶段——我妈妈遇见伊莱·雷德蒙之前和遇见他之后。"之前"和"之后"这两个词有着严格的时间界限。

"你住在这辆车里吗？"记者问。她凝视着车内，脑袋几乎完全伸了进来，"你叫什么名字？"

"珀尔。"

"你在这里住了多久了？"

"从出生就住在这里了。"

"可上厕所和洗澡怎么办呢？"她问。

"我们用公园里的卫生间，就在休闲区旁边，有时候卫生间里也会停水，因为后面有座垃圾场，水有股怪味，遇到这种情况，我们会去麦当劳的厕所，在那里刷牙。"

"水为什么会有怪味？"

"大家都知道，水被垃圾污染了，垃圾对水不好。"

"你吃饭的这只盘子很漂亮。"记者说。

我看了看白色的陶瓷盘子，上面点缀着精美的粉色花朵和绿色树叶。

"是利摩日[1]的，"我说，"法国货。"

记者安静了几秒钟，又问："你喜欢住在车里吗？"

"遇到灾难的时候，你可以跑得比谁都快。我妈妈经常这么说。"我回答。

记者微笑着走开了。她始终没问我关于鳄鱼的问题。

短短三天不到，所有记者都离开了，因为发现短吻鳄之后的第三天早晨，短吻鳄死了。

记者们跳上小汽车和卡车，朝右边的路口拐了一个一百八十度的大弯，争先恐后离开此地，速度飞快，仿佛走个过场、草草了事的送葬队伍。

"他们走得真着急，都不回头看看是不是落下了东西。"我妈妈说。

我们知道，这些记者受不了垃圾场的臭味，垃圾味和他们身上的香水味犯冲。

记者们离开后，我妈妈踩上她的运动鞋，抓起她的旧草帽，就往车外跑。

"我们去看看鳄鱼宝宝吧。"她说。

我们朝河边走去，她拉着我的手。我们两人的身材差不

1　法国著名的瓷都，盛产高端瓷器。

多，如果有人从远处看过来，很可能会觉得我俩是一对八九岁的小女孩，手拉着手去荡秋千。

妈妈和我穿过公园，沿着两旁种着柏树和锯齿草的小径来到河边。一大群蓝色和黄色的蜻蜓从前方的路上飞来，将我们两人分开。

无云的天空中，午后的太阳又大又圆地挂在头顶，在我们身前投下两道细长的影子，像是一对朋友，领着我们到河边去。

"住在车里最大的好处是什么？"我问。

"我来告诉你，最大的好处是：车里没有带燃气灶的炉子。我从小到大都害怕会忘了关燃气，讨厌炉灶上飘过来的炖菜味。"我妈妈说，"车里也没有房子里的那种电线，没有电源插座，你要知道，总有些人想要拿发夹子或者叉子往插座里面戳。所以，住在车里，我不用担心这些事。"

从我们的车到"河"之间那片土地很软，地面乱糟糟的，净是垃圾。小径沿路的草地被人踩得不成样子，丢着几个塑料水瓶、一些压扁了的罐头和白色口香糖，一棵柏树底下还有一段盘绕的黑色电缆。

妈妈和我想看看死去的短吻鳄，可来到河边时，它们已经不见了。

两只小鳄鱼一天前曾经待过的地方，白色的沙子已经变成了红色，那根蓝色的缝纫线上挂着一块小小的鳞片和一缕红色的嫩肉。

是子弹将新生儿撕成了碎片。

开枪射杀鳄鱼的人在旁边的地面上留下了一些子弹壳。

我们从未想到会发生这样的事。有的人永远在找靶子练枪。总有手指发痒、想要扣动扳机的人在附近游荡。于是小鳄鱼在劫难逃。

我们甚至在车上发现过一个弹孔。子弹穿进引擎盖，不知卡在了发动机的什么地方，因为我们没有找到子弹，也没发现别的地方有穿出的弹孔。

"这是什么时候发生的？"我们在金属车身上发现弹孔的那一天，妈妈问。弹孔周围还有一圈深色的火药残渣。

我俩对此完全没有察觉。

"这段时间，有人开始瞄准汽车练枪，"她说，"也许是开玩笑，也许只是个别流浪汉干的。"

但我们都知道这不是什么新鲜事，在我们所处的佛罗里达州的这个部分，经常有无论如何都不该挨枪子的东西挨了枪子。

第三章

阴雨天的早晨，车窗外蒙上了一层水雾。凝视着模糊的窗玻璃，我从来不敢想象拥有自己的房子，那个梦想太大，我只敢想象拥有自己的家具，比如一把椅子和一张桌子。

夜里，我在手刹上搭了一个枕头，这样两个前排座位就成了一张床。在刹车踏板和油门踏板周围的黑暗空间里，我放了一双网球鞋和一双凉鞋。

我的书和漫画册分成一个个小堆，沿着仪表板摆成一排，日复一日的阳光直射让它们的外观微微有些卷曲变形。

我们把食物存放在后备厢里，只吃不需要冷藏的东西。

我们的衣服是叠好放在超市的塑料购物袋里的。

我们把牙刷、牙膏和肥皂放在储物箱里，我妈妈还在里面放了一罐雷达杀虫剂。每天晚上临睡前，我们会关紧门窗，在车里喷杀虫剂。每天早晨醒来伸懒腰打哈欠时，满嘴都是雷达杀虫剂的味道，还混合着早餐吃的麦片味和冲好的奶粉味。

我妈妈教我如何在车里摆桌子和上茶，给我演示怎样用一本裹着抹布的书整理床铺、刮平床单。

而我妈妈之所以知道怎么做这些事，是因为她是在一座带阳台、游泳池和五间浴室的大房子里长大的，她有自己的仆人和游戏室，游戏室里放着她所有的玩具。她会弹钢琴、讲法语，因为她小时候有一位法国老师来给她上课，每周两次。我妈妈心情好的时候，说话时总会带上几个法语单词。她七岁时收到过一匹设得兰小马[1]作为生日礼物。

我妈妈叫玛格特，是根据伟大的芭蕾舞演员玛格特·芳廷的名字命名的。我妈妈本人的身形也如同芭蕾舞演员一般纤细优雅，脖颈像她们那样又长又细，四肢瘦削，手指修长，金色的头发蓬松柔软，好似一团环绕头顶的金色云彩。

我十一岁的时候身量就长得和妈妈差不多了，但我再也没有长得更高。

1　产于英国设得兰群岛，世界上最著名的矮马品种。

"你是我的苹果树上结的果子。"她说。

我妈妈给我取名珀尔[1]，她说这是因为，"你的皮肤那么白，一点也不像那些在医院或者诊所之类的寻常处所出生的小孩"。

她说："我独自一人生下了你，没有别的人知道，那一天非常安静，我没有又哭又叫，你也没哭。"

"你是在我卧室隔壁的浴室里出生的，因为那边有一只很长的大浴缸，横跨两面墙壁。"她说，"我得事先做好所有能想到的准备。我像躺在床上那样躺进这只浴缸，里面提前铺好了几块毛巾和一条毯子。"

我的妈妈身材瘦小，浴缸可以完美地容纳她。

"我躺在那里，等着你出来，"她说，"我不停地吸气又呼气。"

从浴缸里，她能看到窗外，透过她家花园里的棕榈树的枝干望向天空。

"等你出来的时候，我就念《玫瑰经》祷告，"她说，"祷告的时候，时间就静止了。"

她望着窗外的日落，一直等到太阳初升。

1　Pearl，意为"珍珠"。

“你和早晨的鸟儿一起来到我的身边，”她说，“你出生时，我听到它们在窗外啾啾地叫。”

清理干净自己的身体，她又用一块雅芳香皂在水池里给我洗澡，然后拿面巾纸轻轻拍干我身上的水。

她说：“你是那么小，一块手巾就能完全把你包起来，你是那么白，皮肤像珍珠，像冰雪和白云，像蛋白酥皮。我几乎能透过这层白色的外皮看进你的身体里面。我看着你淡蓝色宝石一样的眼睛，给你取了名字。就这么简单。”

我是一颗珍珠，无论走到哪里，总能吸引别人的目光。我已经习惯了这种生活，不知道出门时没人注意自己的感觉是什么样的。无论觉得我是美是丑，每个人都会盯着我看，不由自主地伸出手，想要触碰我银色的头发和涂了白釉般的脸颊。

“你光彩四射，”我妈妈说，“和你在一起，就像戴着漂亮的耳环，穿了一身崭新的衣服。”

生下我以后，我妈妈在她父亲的房子里又住了两个月，没有人发现我的存在。

她说：“当我不得不去学校或者离开你做别的事的时候，我会把你放进我房间的衣橱，让包得严严实实的你待在黑暗里面。我在鞋架上为你铺了一张床，用毛巾和我的毛衣，像照顾小猫一样把你放在小床上，拿厨房纸巾给你当尿布。房子太大了，没人能听到你的哭声。"

"你是在童话故事的场景里出生的。"我妈妈说。

怀着我的时候，我妈妈就开着车四处搜寻，想找一个能停车的小地方先带我住下，然后她再找份工作，租个小房子，结果发现了那个距离她父亲的房子只有四十分钟车程的房车露营公园。

"想要藏得好，就得藏得近。"我妈妈说，"没人想到你会藏在他们的眼皮底下。这个国家每年都有成千上万的人失踪，既然他们连这些人都找不到，又怎么能找到我们？"

我妈妈选中了房车露营公园，是因为这里有带卫生间的公共休闲区，况且她总觉得我们在这里住不了几个月就会离开。

"就这样，我们有了一个可以共同生活的地方。"我妈妈说，"我把这儿清理了一下，然后等了几个月，等到你出生。这段时间里，我从父母家偷了所有我们可能需要的生活用品。"

我出生两个月后的某一天，我们搬出她父母的房子，当时我妈妈还有两个月就要考试，还有两天才满十七岁。她开车离开了家，再也没回去。

"我没有回头看，"她说，"永远别回头看，因为你会想回去。千万不能扭着脖子往后看，这样做也许会把你整个人拗成两半。假如我离家出走之后确实有人找过我，那么他们一定找得不认真，因为他们从来没能找到我。"

我没有出生证明。我妈妈从网上下载模板，给我伪造了一个，这样我就能凭着假证明进入本地的公立学校念书，但我的出生信息从未在当局登记过。

"别为自己担心，"我妈妈说，"永远不会有人来找你，因为你从来不是失踪人口。"

每当谈起我的出生，她总会说："那个铺着绿色瓷砖的浴室，那个有着马桶、浴缸和水池的小房间，就是我的马槽[1]。"

连体双胞胎短吻鳄死去几个星期之后，一天夜里临睡前，我妈妈和我像往常一样在黑暗中聊天。

我们几乎总在临睡前告诉对方自己这一天过得怎么样。我给她讲学校里的事。学校位于市区，我每天都要沿着高速路步行四十五分钟去上学。妈妈则告诉我她上班的那家退伍军人医院发生了什么。

她说，那些退伍兵虽然身体伤病、情绪愤怒，但依然很爱国。珀尔，你应该了解世界地理，因为退伍兵不喜欢那些不知

1　耶稣出生在伯利恒的马槽里。——译者注

道他们是为了哪片土地而战的人。

我知道"解决过几个"的意思是他们杀死过敌人。

妈妈给我讲她从退伍兵那里听来的故事，把遥远的战场搬进了我们的汽车。

我在学校的日子却从来没那么有趣，同学之间经常打架，有些小孩还会把香烟或者枪支藏进书包带到学校，然后被人发现。除了同样住在房车露营公园的艾普尔·梅，我没有什么亲近朋友。

搬进房车公园没多久，我妈妈就明白了人们究竟是如何看待我们的，我则是在入学后的头几天搞清楚了这个问题：假如你住在一辆车里，这意味着你不过是在假装自己有家可归，其实和睡在桥洞里的流浪汉根本没区别。而大家往往认为无家可归是一种传染病。

即使福特"水星"的车门紧闭、车窗高高升起，只在玻璃顶端留一条通风的小缝隙，我们仍然能听到外面的蟋蟀叫、小河中嘶哑的蛙鸣和上下高速公路的车流声。

妈妈把手伸向我，穿过车门和车座当中的小空间，轻轻地揉着我的头。

我透过前窗往外看，妈妈透过后窗往外看。

"你看见星星了吗？"沉默了一会儿，她问。

"没有，你呢？"

车窗开始起雾。

"没有。今晚没有星星，一颗都没有。但我能感觉到它们，它们来了。"

"你感觉到什么了，妈妈？谁来了？"

"你感觉不到吗？印第安人的鬼魂会在晚上出来晃悠。"

"我什么都听不见。"

妈妈不再揉我的头。

"用心去感觉，"她说，"闭上眼睛。"

"不，什么都没有。"

"怎么会感觉不到呢？它们穿过了树林，是从垃圾场那边来的。"她说。

"好吧，也许有，也可能没有。"

"有两个，没错，两个鬼魂，是的。"

"你确定吗？"

"是的，我确定，它们飘下来了。"

"什么？"

"它们飘下来了，来带走那两只小鳄鱼的灵魂。每次这块土地上的什么东西出了岔子，它们就会出现，是上帝派它们来的。"

"你怎么知道的？"

"用心去感觉。"

我闭上眼睛，只听到妈妈在后座挪动的沙沙声和她低沉的呼气声，就像轻柔的喘息，吸气声却微不可察。

我闭上眼睛，汽车发出的短促吱呀声和叹息般的怪声偶尔传进耳朵，外面的空气变得黏稠而寒冷。

"尽管如此，也不会有什么吸血鬼猎人带着银子弹来结束我们的生命，结束这种一文不名的生活方式，"我妈妈说，"明天别忘了去买一注彩票，我已经等不及了。"

"好的。"我说。

"你知道，"几分钟后，我妈妈说，"有时候我真的希望能重新开始，再一次爱上我的未来。"

我的妈妈眼前仿佛总是摆着一个插满蜡烛的生日蛋糕，可以随时对着它许下愿望。

第四章

伊莱走进我们的生活之后，有一次，我发现妈妈独自坐在汽车后座，那时我刚刚放学，而她本应出门上班。

我妈妈穿着浅蓝色的棉布裙子，脚上还穿着鞋，平时在车里她从不穿鞋，我们上车前总会把鞋脱掉。

"你怎么了？"我问，"你为什么不上班？"

"只有真话才有意义，"我妈妈说，"我觉得伊莱对我说了谎。他从来不谈论他的生活，每次我问起这方面，他都会转移话题，我看不透他。"

我妈妈通常能够看透一个人的内心，看到里面的碎玻璃和泪水满盈的瓶子。

"我能看见人身体里面的破窗户，"她说，"还有浴缸里的污渍、地毯上烟头烧的洞和他们吞下的所有止疼片。"

我妈妈说，她每过完一个生日，这种感觉都会更清晰一点。"我想起了小时候的钢琴课。"她说。

她六岁开始在一所私人音乐学校学钢琴，直到十五岁那年学校关门，然后又在家里跟着罗德里戈先生学琴，直到我们驱车离开的那一刻。

罗德里戈先生是一位来自古巴的音乐家，在维也纳和伦敦学习过，本应成为出色的钢琴演奏家。他还引导我妈妈爱上了布鲁斯和爵士乐。

"当然，他从来没出过名，"妈妈说，"只能当个老师，因为他必须养活妻子和两个孩子。但我知道还有一个原因。为了督促学生，罗德里戈先生喜欢体罚，比如扇巴掌、打屁股和抽鞭子。每当看到他敲打节拍器，我就知道当天的晚饭没的吃了。我能从他成年的皮肤上看出他童年时代的瘀伤和骨折的痕迹。每次上钢琴课，弹完热身的那几段之后，房间里就开始飘出消毒水的味道。"

"你想念你的钢琴吗？"我问。

"是的，我也想念罗德里戈先生。他知道不管什么人，假如想学音乐，只需要听一首歌，跟着旋律摇摆就够了。"

因为能看穿一个人的皮肤和脑壳，识破表象之下的本质，所以我妈妈总是会不顾表象，和看上去不该靠近的人待在一起。

有一次，她让一个十八岁的搭车客在我们的车里待了两天。我搬到后座和妈妈一起睡，他占了我在前排的老位置。这家伙瘦得出奇，牛仔裤上的几个腰带环被一根皱巴巴的皮带捆得几乎凑到了一起，裤腰快要滑到屁股上，皮带扣是银色的，中间有一只金鹰。

年轻人手臂上青筋凸起，好像一条一条的树枝。

"你能看到他的身体里有一棵树。"我妈妈说。

他皮肤苍白，眼睛深蓝，睫毛很长，几乎跟我俩一样瘦小，来自加利福尼亚，善良有礼貌。他说自己的父母是学校老师。

他是离家出走的。当他把这个打算告诉父母时，他们笑出了声，还说，要是你走了，那就别回来。他们不相信他，以为他在开玩笑。

我妈妈叫他"别回来先生"。

"我也是离家出走的，"我妈妈告诉他，"离家出走的人需要互相照顾。"

"不过，"她补充道，"我能看出你是个从来没有梦的男孩，从来没想着躺下来睡一觉，好好做个梦，所以你的人生只活了一半，还没有体验过另一半。生命结束，死亡来临，死亡是无梦的睡眠，可你在活着的时候也不习惯做梦，因而缺乏对梦的警觉，不在意它是否出现。"

我妈妈说得对，这个离家出走的年轻人从不睡觉，总是睁着眼睛。

"你犯了一个错误，"她告诉他，"你需要休息。假如有人问我爱好什么运动的话，我会回答'睡觉'。"

正是因为"别回来先生"，我才对我妈妈的父亲有所了解，并且知道了她当年离家出走的原因。

"别回来先生"和我们一起待了两天。我们站在车外，靠在后备厢上，看着高速路上来来往往的小汽车和卡车。我妈妈剥开一个橙子，挖出甜美多汁的果肉，递给"别回来先生"。她已经认定他遭遇了人生的"海难"，而且患上了"坏血病"，急需橙子补充维生素，因为她相信一个人即使没有漂浮在海上也会遇到海难。

我嚼着口香糖，想着妈妈还会让"别回来先生"在这旦逗留多久，反正我是已经准备好和他道别了。

"夫人，"年轻人问，"你为什么要和女儿住在这辆车里呢？"

我妈妈没回答。

"而且你瞧，"他站直身体，向前走了一步，指着轮胎周围高高的杂草，"这辆旧车已经很多年没开了，轮胎早就瘪了。"

　　"我知道，我知道。"我妈妈说，"我真的没有什么要开车去的地方，真的没有。"

　　"那为什么呢？你们为什么住在这里？"

　　"答案很简单。我父亲在我家的每个房间里都搁了一把苍蝇拍。"我妈妈说，"这就是我离开的原因。"

　　听到她说出这些话时，我一下子安静下来，屏住了呼吸，嘴巴里的口香糖也停止了咀嚼。

　　"我家里的那些苍蝇拍，有些挂在钩子上，有些平放在窗台下。我父亲有很多苍蝇拍，他喜欢拿着它们拍来拍去，直到被他拍打的东西死了为止。"我妈妈解释道，"他连蝴蝶都不放过，所以也喜欢用苍蝇拍打我。他还喜欢踩东西，把甲虫或者蚂蚁什么的碾死，他脚上的鞋就是用来碾东西、压东西和踢东西的，那些小家伙都在劫难逃。他从来不上班，没有工作。我给他留过一张字条，告诉他我离家出走是因为他绝对不会出去找我。我父亲认为，等我花光了钱，迟早会回去，所以他现在肯定还在等着我。"

　　"你从来没跟他要过钱吗，夫人？"年轻人问。接着他又自我纠正道："你肯定从来没跟他要过钱，你甚至不需要回答我的蠢问题。人们总以为离家出走的人没有自尊，但我们的自尊泛滥，多到能开银行。"

"珀尔，"妈妈对我说，"我把你从苍蝇拍底下救了出来。我从小就想知道一件事，这个问题一直装在我心里：别的人会不会洗自己家的苍蝇拍呢？"

"离开你爸爸是件好事，夫人，"年轻人说，"不能让一个老头子打你的女儿。这是我听说过的最糟糕的事。"

这番话让我妈妈满心欢喜，仿佛眼前这个年轻人刚刚给她颁发了"好妈妈"证书。通常我妈妈无论做什么事都会有人反对，好像不住在一座像样的房子里，就没资格找工作、不配交朋友或者跟人家借东西。不知多少人对我们的生活方式大摇其头。

我妈妈从未忘记"别回来先生"，说他有一双天生用来鼓掌敬拜上帝的手。他俩彼此理解，惺惺相惜。他的"只活了一半的人生"让她担心，所以她总是一次次提起。

"没错，他是一根爆竹，可能会炸伤你的手指头，"她说，"他还是童话里恶毒残酷的小矮子。如果你不在夜里做梦，那么唯一重要的只有现实人生，除此之外无处可去。我才不会惦念他那活像一袋子碎骨头的身体。"

自从妈妈把整个世界的真相解释给我听，我意识到世上的每个人都在背负着秘密、破碎的骨头和伤人的话语行走，哪怕用肥皂也无法洗净。

上教堂做礼拜时，她扫视着坐在长凳上一排又一排的人，弯下腰来对我低语："珀尔，亲爱的，这里的所有人都害怕总有一天必然到来的死亡。"

她能感知到一切生命都是如此脆弱，因此决不会埋怨任何人。她是蔗糖。她总是随身带一盒多米诺方糖，而非糖果。当我亲吻她的脸颊，可以尝到那些糖粒的味道。假如我为了某件事伤心，她会给我一块方糖放到嘴里吸吮。

所以，事实就是这样：就像我妈妈常说的，她哪怕遇到了杀人犯，也会因为对方穿了一双挤脚的鞋子而同情他。

她也能看穿我的心思。有一次她说："宝贝，珀尔，不要那么爱我。我不值得你爱。"

第五章

福特"水星"里到处都是我妈妈离家出走时偷拿的东西。

"在你出生前的九个月里，我仔细地考虑过应该带走什么。我知道我不得不拿走那些我永远买不起的东西。我希望你知道自己的出身，这辆车不是你得到的唯一遗产。"

我喜欢站在车外，看着她把钥匙插进福特"水星"的锁孔里转动，后备厢应声打开，盖子缓缓抬起，让我看到堆放在食物下面的那些金灿灿、银闪闪的好东西。其中有几只闪闪发光的漂亮纸板盒子，白纸衬里，还有一些木头和皮革材质的盒子，配有精美的金色闩锁。

有一个长条形的绿色毛毡袋子，袋口系着一条红色的丝绸束带，里面装着一艘来自中国的手工雕刻象牙船，船的桅杆和帆是用同一根象牙雕出来的，这根牙齿足有我的胳膊那么长。象牙船上还雕刻着一群水手，有的划桨，有的靠在桅杆上。这件工艺品曾经属于我妈妈的曾祖父。

一个桃花心木制成的古董音乐盒包裹在纸巾里，盒子上镶嵌着贝壳，其中一面是玻璃的，每当音乐盒奏响《蓝色多瑙河》，透过这块玻璃，你可以一清二楚地看到盒子里的杠杆和机簧是如何拨动音齿的。

还有一个黑色皮革小提琴盒，装着我曾外公的小提琴。

我妈妈说："虽然它明显不是斯特拉迪瓦里琴[1]，但确实是一把非常精美的意大利小提琴。"

后备厢的最里面有个又长又扁的箱子，外壳包着浅黄色的生丝，还缠绕着一条深黄色的缎带，我们从来没打开过它，因为里面装着我外婆的丝绸雪纺婚纱，我妈妈不想把它弄脏。

我妈妈有两只王室利摩日瓷盘，一对巴卡拉马塞纳水晶高脚杯，还有两套五件一组的纯银餐具。

她教给我如何对着光源举起杯盘之类的器皿，鉴定它们的质地是不是陶瓷，真正的瓷器在光照下是半透明乃至几乎完全透明的。

1　著名乐器制造师安东尼奥·斯特拉迪瓦里所制作的弦乐器，被认为是历史上最好的弦乐器之一。

我了解到玻璃和水晶的区别，以及它们发出的声音有何不同。我学会了欣赏高脚杯的长柄、杯沿和杯体的制作工艺。

我妈妈会时不时地把后备厢里的东西全都取出来，拿出一只装满珠宝的丝绸袋子，其中有一枚镶嵌着一圈红宝石的戒指，曾属于她的法国曾祖母，袋子里还有一大串"结绳型"珍珠项链，恐怕是世上能够买到的最长的珠串。她告诉我珍珠项链的度量单位是英寸[1]，按照珠串的长度不同，由短到长分为"衣领型""短项链型""公主型""马天尼型""歌剧型"和"结绳型"。

我还在汽车后座上学会了鉴别珍珠的真伪，只要轻轻地搁在上下牙之间蹭一下，就知道珠子是不是塑料的。

除了这些宝贝，我妈妈还保留了她出生时医院给的塑料婴儿手环，粉色的手环上用黑色墨水潦草地写着她的姓氏和性别：弗朗斯，女孩。

但我妈妈从来不戴这些首饰，她每天都戴的唯一的饰物是一枚小银指环，上面镶嵌着一颗小小的圆形蓝色蛋白石，这是钢琴老师罗德里戈先生送给她的，因为古巴流传着一种迷信的说法：假如你佩戴着一块蛋白石，它会对钢琴产生魔

1　英制长度单位，1英寸约等于2.54厘米。

法般的影响。

她始终怀念自己的钢琴。

我妈妈喜欢跪在副驾驶座，身体前倾，在仪表板上假装弹钢琴，从位于后视镜下方的中央C开始，她的双手在脏污的灰色塑料板上游走，手指穿梭来回，两个大拇指时而探到手掌下方，同时敲击升半音和降半音，一只手偶尔越过另一只手，抬到半空中停留片刻之后回落，继续上下起伏地追逐。

"这是莫扎特，"她说，"你喜欢吗？"

或者："这是指法练习。"

我却无法区分其中的不同。她听到的是音槌敲击琴弦声，我听到的只有手指敲在仪表板上发出的单调的"嗒、嗒、嗒、嗒"声。

我们喜欢坐在车里假装公路旅行，我会煞有介事地表演，仿佛真的要开车到什么地方去，妈妈则会配合我玩这个游戏。

我扮演司机，虽然驾驶座已经向前调过，但我的腿还是太短，踩不到前面的踏板。我双手把着方向盘，假装开车。

这时我妈妈会坐在副驾驶，对着后视镜涂口红、戴上太阳镜，打开收音机。她总是会确保车上的电瓶有电，隔几年我们就会换新电瓶，检修电瓶是她对这辆车仅有的维护。

我们还会系上安全带。

"好了，我们出发去旅行吧。"我妈妈会这样说。用力踩刹车，留下刹车印。超过限速。飙快车。吃罚单。

"你想去哪里？"我问。

在这些装模作样的"公路旅行"中，我妈妈会谈论她的人生经历。

我抱着方向盘假装扭来扭去，她则坐在一旁，给我描绘她长大的地方——圣奥古斯丁。

我在学校的历史课上了解到，圣奥古斯丁是西班牙人1565年在美洲建立的殖民地，那里的原住民是蒂慕夸印第安人。

"我们的房子是一座被橡树环绕的大宅子，"妈妈说，"我有满满两大衣橱的衣服，所有的衣架上都衬着粉红色的绸缎。"

她说话的时候，经常会伸过手来，用手背轻轻地蹭我的脸，仿佛比起手掌，手背的触摸更加温柔慈爱似的。

我的眼睛会一直凝视前方，盯着想象中的路面。

"我不敢相信我们仍然住在这辆车里，"她说，"我总以为我们最多在这里待几个月，然后我就找个收入能租得起一套小房子的工作。对不起，珀尔。"

在那座满是仆人的大宅子里，她是主人家唯一的孩子。

妈妈有时候会蹲在我旁边的座位上，把脚放在仪表板上，给自己的脚指甲和手指甲涂上亮红色的指甲油，这种颜色的名字叫"在繁星渡轮上与我相见"，她正是根据这些印在瓶子底部的名字选择指甲油的，比如"特洛伊甜瓜""冲浪男孩"和"我蛋糕上的二十支蜡烛"。

"为了举办我的十岁生日派对，我父亲租下一整套旋转木马，安置在我家的前草坪上，"我妈妈说，"给草皮留下了永久性的损伤。安装旋转木马的人在草坪上踩来踩去，四处打洞，还让旋转木马上的机油流得到处都是。他们为什么要毁掉那些草？为什么？他们原本可以把硬纸板或者塑料什么的铺在草地上保护它们的。"她说，"那些草真是受罪。"

"你怎么知道的？"

"珀尔，你可以感觉到。总有一天，科学家们会听懂植物说的每一句话，树木会告诉我们，当它们的枝条被锯下来的时候是什么感觉。那一天终将到来，让全世界的人体会到什么叫作震惊。"

在这些过家家的"公路旅行"中，我的胳膊即使再累也会紧紧抱住方向盘，因为这样妈妈才不会停止说话。

"你外婆死于车祸，"她说，"一辆百事可乐的卡车撞倒了她，到处都是百事可乐的碎瓶子和满是可乐的大小水坑，我的白袜子也被染成了棕色，黏糊糊的，我的鞋粘在了人行道上。"

"你们那时要去哪里？"

"我们去看医生，儿科。我坐在后座，只有五岁，我生病了，发着烧。"

"后来呢？"

"你知道吧，那个时候我那么小，什么都不记得了。"

无论妈妈给我讲过多少遍，我都想再听一次外婆是怎么去世的，我不讨厌悲剧故事。

"救护车开来之前，"妈妈说，"我能听见她临死时的想法，也能听见我们那辆被撞碎的车发出的声音，我猜那是发动机的噪音，吱吱呀呀的，好像有蒸汽什么的喷出来。不过，警车和救护车到达的时候，一切都安静了。"

"你们困在车里多长时间？"

"我也不很清楚，但他们至少花了一个小时才把我们的破车和那辆卡车分开，把我们弄出来。"

"她说了什么？你妈妈说了什么？"

虽然我早就知道答案，但总会再问她一遍。

"她没大声说出来，她当然不会大声说出来，但我听见了。没人相信我。我只有五岁，没人相信五岁的小孩。"

"我相信你。"我说。

我妈妈举起双手，吹了吹还没干透的红色指甲油。

"虽然我觉得她没有说出声来，"我妈妈说，"但我听见了她想说的话：羔羊生命册[1]上就是这么写的吗？"

"她只说了这个？只有这句话？"

"没错，她就是这么说的。'羔羊生命册上就是这么写的吗？'只有这句话。"

房车露营公园的访客停车区里一点动静都没有，没有什么公路旅行的汽车，我们的车静静地面对着同一堵墙和同一片树木。

"你还记得她吗？"

"是的。"

我看着妈妈犹如芭蕾舞女演员的脸。她看着窗外的高速公路。

我妈妈说："我知道那段记忆是爱的唯一替代品。"

伊莱走进我们的生活之后，我妈妈不再假装弹钢琴，不再给我讲述她的童年往事，现在她只给伊莱讲这些故事，因为我见他给她买过一瓶百事可乐，她说他只想开个玩笑，可她觉得这并不好笑。

---

[1] 《旧约》中，生命册指以色列神权社会公民的登记册。在生命册中拥有姓名，即享有被神权祝福的特权。

第六章

艾普尔·梅是我最好的朋友,也是唯一的朋友。她住在房车公园后部的一辆银色的大型房车里,靠近垃圾场。虽然她比我大两岁,但我们在同一个班,她是我唯一的真正的朋友。

我们读书的那所小公立学校总喊着联邦政府要断掉给学校的拨款,让它关门,因为当地有孩子的家庭很少。过去的三十年中,大多数人已经从小城镇搬到城市,因为城里更容易找到工作。许多乡下的学校已经关闭,我们知道自己的学校早晚也会关门。

我们班只有六个学生,所有科目的课程都由一个老师来教。除了艾普尔·梅,我妈妈不让我和别人待在一起,她不想让陌生人问我任何问题，她始终担心我会被人带走，送到寄养中心去。

"总有人想大发善心。"我妈妈说。

事实却是，没人来敲我们的车门找我交朋友、和我分享糖果。

艾普尔·梅的父母让我妈妈用他们的房车作为家庭住址给我办理入学手续。填写各种文件的时候，我妈妈也会使用这个地址。

艾普尔·梅的家庭作业几乎都是我代劳的，她没有学习的脑子，但也并非傻瓜。我不介意帮她写作业，因为作业题目对我来说都很简单，我妈妈提前教了我很多东西，比老师讲得早多了。

艾普尔·梅一头红发，脸上有许多雀斑，所以她的皮肤看上去是红褐色的，我妈妈叫我们俩"冰与火"。

艾普尔·梅专横霸道，我喜欢她这种性格，因为这恰好是我妈妈欠缺的。除了确保我睡觉时必须做梦之外，我妈妈从来不会对我颐指气使，命令我做这做那。

妈妈说，她和我都是梦幻部落的族人。

"不需要多久你就能意识到，比起现实，梦境要好得多。"我妈妈说。

艾普尔·梅蛮横得说一不二，我给她起了许多外号——比如"咳嗽时请捂嘴"警察小姐、"不许和我顶嘴"警察小姐，还有"吃饭时闭上嘴"警察小姐。她之所以如此蛮横，是因为她父亲曾经是个军人，把她当成士兵来训练。

我同样不介意她的专横，因为她喜欢挑衅我做各种事，而我偏偏又很喜欢被人挑衅。

假如艾普尔·梅说"我们去河边散步吧"，我会说"好的"。

假如她说"我们去糖果店，你去偷点口香糖"，我也会说"好的"。

我妈妈说，我是在"危险之星"的照耀下出生的。"如果你不小心一点，"她说，"总有一天你会试着爬火车道，被火车碾过去。要是我们家有屋顶的话，你会从屋顶上蹦下来。"

假如艾普尔·梅说"我们去垃圾场探险，你应该有胆量打开那些黑塑料袋吧"，我会说"当然，当然，当然"。

我们知道，总有一天我们会在那种袋子里发现一具尸体，那恐怖的一幕始终存在于我们的想象中。我们已经在黑塑料袋里翻出过死狗和死猫了。

那座位于房车公园后面的垃圾场是当地社区的垃圾堆放处，占地不大，为了遮挡视线，场地外面种了一排沙松，然而没有什么能够阻挡垃圾的气味和垃圾车的声音。卡车后斗掀起和放下来的时候，生锈的铰链会发出刺耳的尖叫，混合着风声和雨声，卡车卸垃圾的声音仿佛也成了自然界的一部分。

大人告诉我们不能靠近垃圾场，因为那里很脏，满是腐烂的东西，会让人生病。艾普尔·梅的妈妈罗丝甚至说垃圾场里有来自退伍军人医院的有毒废料和医疗垃圾，她和我妈妈都在那里工作。但我们依然会去。

垃圾场的栅栏外面绑着一块警示牌，上面写着"危险，勿入"，然而并没有大门和门锁，也没有人看守。

入口的一侧有一棵高大的树，这棵树一直被人当作练枪的靶子，满是弹孔，透过橙褐色的树皮能看到树干内部的许多地方。

堆放的垃圾大都已经腐烂，但垃圾场的外观并非一无是处：各种塑料五颜六色，闪闪发光的碎玻璃像是绿色和蓝色的水晶。这儿有塑料盘子、勺子、叉子、袋子、盒子、瓶子和玩具娃娃的零件。好几个失去了身体的芭比娃娃脑袋，顶着黄色、橙色或者红色的乱发，散落在破碎的蛋壳和牛奶盒之间；成对的粉色娃娃腿；一条单独的塑料腿从红色的"幸运符"麦片盒子里戳出来；还有粉色的胳膊和带肚脐的粉色娃娃躯干。

艾普尔·梅找到过一条旧牛仔裤，裤子后袋里有一张十美元的钞票。我们简直不敢相信自己的眼睛。从那时起，我们总会把垃圾场里找来的破旧衣服口袋都翻一遍。

在其中一次捡破烂之旅中，我在一个小盒子里发现了一支破损的温度计，里面的水银漏了出来，凝聚成一颗一颗的小球，我玩弄着这些亮闪闪的小银球，让它们在我的手掌表面滚来滚去，看它们时而组成一颗大球，时而分散成许多小球，最后让这些液态的金属颗粒从我的手掌滚进牛仔裤口袋。

回到车上，我把水银放进一只小袋子，袋子藏到前排座位底下。这个袋子里装着我从垃圾场里找回来的所有小玩意儿，比如几颗弹珠、一只黄金耳环、四个黄铜纽扣，每一个扣子上都有船锚的图案。

有一次，艾普尔·梅在一个纸板箱里发现了满满一箱子黑色和棕色的蛾子，其中一只蛾子乍一看非常大，我还以为它是一只鸟。这些蛾子层层叠叠地摞在箱子里，两两之间用白色的薄棉纸隔开。

箱子里还有一张纸，用墨水写着蛾子的物种名称：阿特拉斯蛾、黑女巫、彗星蛾、月形天蚕蛾、鬼面天蛾和皱地夜蛾。

我们想把这些蛾子拿出来，但小心翼翼地尝试了半天，最后只能放弃，因为它们非常脆弱，手指一碰就变成了粉末。

"这箱蛾子肯定是谁收藏的。"艾普尔·梅说，"我要拿走它。我不能把这些死蛾子留在这儿，它们会给我们下咒的，把它们留在这里就会发生不好的事。"

艾普尔·梅十分迷信，迷信到当场就能编出新的迷信说法。

"还是放在这里吧，"我说，"它们都碎成粉末了。"

"好吧，"艾普尔·梅说，"可要是发生了不好的事，那就是你的错。"

我们还找到过一摞又一摞的杂志，尤其以《时代》过刊和色情杂志居多。我们的性教育是在垃圾场里完成的，我们在那些杂志上看到过不少匪夷所思的奇闻异事。

垃圾堆里还散落着各种婴儿鞋，有些鞋子依然是成对的，左右两只的鞋带绑在一起。

我妈妈说："我总觉得那些垃圾的气味最后会飘到大海里，美国发出的一切气味最终都会被风吹进大西洋，所以冰岛和爱尔兰能闻见纽约的味道。抬头望望天空，想想那里都有些什么吧，说不定能看见准备从美国飘到法国去的派对气球，美国国庆日燃放的烟花爆竹气味或许能越过高山和大洋，飘到英格兰。"

艾普尔·梅的父亲是退伍老兵，大家都叫他"鲍勃中士"。他曾经去过阿富汗，是第一批被派到阿富汗的士兵，也是第一批回来的。

鲍勃中士个子很高，剃了个光头，只在下巴上留着一点短髭，他会时不时地把手指按在这层胡茬上又摸又拽，似乎要把它们拔出来。他的一只耳朵被地雷炸没了，同一颗地雷还炸掉了他的腿。

鲍勃中士经常愤慨地告诉大家，当年他踩在了一颗天杀的前苏联地雷上，好像加上这些形容词就能显得地雷更可怕似的。

地雷爆炸也让他几乎失聪，所以我们跟他说话的时候必须大喊大叫才行。

鲍勃中士说他现在只剩一条腿，什么也听不见，只能看看书，他通过退伍军人图书馆的目录借阅书籍，这家图书馆是全国连锁的。

他偶尔会穿戴假腿，但大部分时候只是挂着拐杖一瘸一拐地走路，空荡荡的一侧裤腿向上卷好，用大号的尿布安全别针固定起来。鲍勃中士很少穿衬衫，习惯光着膀子。他的上半身布满文身，那是在他的两个朋友死在阿富汗之后文上去的。

鲍勃中士说，在肋骨部位文身的时候感觉最疼。

他的腰部左侧和上方文了一行字：纪念倒下的兄弟。腰部右侧文着：我们相信上帝。

"我从小就是基督徒，"鲍勃中士说，"但去阿富汗之后我才真正开始相信上帝。谁都有可能死在那个战场上，但我活了下来，每天对着镜子看到我的文身，我都会想到自己是多么幸运。我现在相信上帝，因为到了这个年纪，我真的不知道还能做些什么。"

鲍勃中士的背上文了七颗子弹，子弹上分别写着他在战争中失去的七个朋友的名字。每一次靠近他的时候，我都会不由自主地读那些名字：肖恩、米特、卡洛斯、卢克、彼得、曼尼、何塞。

艾普尔·梅的妈妈罗丝是镇上那家小小的退伍军人医院的护士助理。鲍勃中士是在医院里认识罗丝的，她曾经是他的护士。

每当需要创可贴或者抗过敏药的时候，房车露营公园里的每个人都会去找罗丝，这些东西她都有。罗丝还擅长给人打针、清洁伤口和缠绷带，事实证明，每个人都有需要她帮忙的时候。

有一天，艾普尔·梅、罗丝和我坐在她们家房车外面的草地上，这一天的天气在七月里很难得，微风吹走了湿气，让我们得以舒舒服服地坐到房车外面，连垃圾场的气味都被风吹得不知去了哪里，很可能早就到了瑞典。

每逢这样的晴朗天气，我妈妈会说："今天斯堪的纳维亚半岛的水汽被堪萨斯州的花粉颗粒、宾夕法尼亚的煤尘和佛蒙特州的蜘蛛网挽留在了当地。"

罗丝坐在草坪椅上，大腿之间放着一只大号的粉红色透明塑料杯，杯子里装满了柠檬水，她正在吃多力多滋薯片，每吃进嘴里一块之后，都要舔干净手指缝里的咸味辣椒面和切达干酪粉。艾普尔·梅和我坐在离罗丝很近的地方，我们能听到三角形的多力多滋被她的牙齿碾碎的嘎嘣声。可她一块都没给我们吃。吃完整袋薯片，她把食指塞进嘴里吮了吮，然后把蘸了口水的手指塞进薯片袋，在袋子底部抹来抹去，把最后一点薯片渣粘出来舔掉。那根食指的指头尖总是亮红色的。

她旁边的地上搁着一罐百事可乐。

罗丝的右脚踝上有个Hello Kitty文身。为了向我展示她妈妈是Hello Kitty的铁杆粉丝，艾普尔·梅曾经让我看过一眼她妈妈印着Hello Kitty的美国银行支票簿和Visa卡。

我妈妈对罗丝格外友好。她们不是真正的朋友，但在同一家医院工作，对彼此抱有一种诚恳却疏离的尊重。

"她不是雾天，也不是雨天，但罗丝身上确实有股氨水味，"我妈妈说，"就好像刚刚从一团云雾里走出来似的。"

"为什么？"

"罗丝十几岁的时候，她父母租了一套房子，那里曾经是个制毒窝点。"

"罗丝对我说过这件事，"我妈妈说，"住在那个房子里，她三天两头生病，心情糟糕透顶，她父母也是这样，直到那些瘾君子总来找货，他们才明白过来。那座房子原来是个毒品工厂，还在制毒的时候发生过爆炸，所以房子里到处都是毒品的残留物，连空调通风口里都有。所以罗丝让那些冰毒给弄得疯疯癫癫的。"

佛罗里达的每个人都知道制毒窝点意味着什么，它们是警察时刻搜寻的头号目标，总是在新闻里出现，几乎人人都能讲出一个关于"某某人制毒"的传闻。佛罗里达的每个人也都知道，墨西哥海洛因正在接替冰毒的统治地位。

我们学校里就有一个叫拉斯蒂的男孩，他身材瘦高，总是在磨牙，因为父母参与制售毒品，他被社工送进了寄养中心。而之所以发生这样的事，完全是由于他们时运不济，因为当时他家房子后面的树林突发火灾，有人打电话报了警，消防员赶到后顺带发现了他家的毒品作坊和172克液体冰毒。

"拉斯蒂来学校和我们说再见，"我告诉妈妈，"他说，他要到迈阿密郊区的一家寄养中心去。我很难过，我觉得学校里的每个人都很难过。"

"没错，当然，"我妈妈说，"你难过的原因是，在你忘记他之前，甚至早在他关上车门一去不回之前，你就知道自己迟早会忘记他。"

在退伍军人医院工作让我妈妈意识到人是多么容易被其他人遗忘，她不知道被人忘记和死亡两种结局哪一个更悲惨些，太多的退伍军人在住院时从来没有家人或者朋友来探望他们。

罗丝吃她的多力多滋的时候，跟我们谈到了爱情。她担心艾普尔·梅对男孩没兴趣，对做女孩也没兴趣。艾普尔·梅不喜欢Hello Kitty，讨厌粉红色，还拿厨房里的剪刀把自己的头发剪短了。

那天上午罗丝舔手指上的橙色多力多滋粉末、喝百事可乐的时候，决定给我们两个一些关于爱情的指导。

"有时候触碰男人比和他们说话更有效，"她说，"不用说话。我从来没想过，鲍勃中士这样的男人会爱上我。瞪大你们的眼睛，姑娘们，去寻找那个懂你的男人，那个明白女人就是天堂的男人。只有他才配得上你的亲吻和关心。话不要太多，别唠叨些有的没的。如果你有话要说，那就把你想说的变成动作，比如碰他一下、拧他一把。不用说早安，你只需要碰碰他的肩膀，别问他爱不爱你，吸吸他的手指头。你得给他留下一点特别的记忆，明白吗？我说得对不对？你们告诉我。"

事实表明，罗丝正是按照她说的那一套来做的。她从来不和鲍勃中士说话，我们只看到她抚摸他的头顶或者亲吻他的脖子后面，有时候她会伸出手指描摹他的文身，好像打算重新画一遍或者在研究印在他身体上的路线图。在她的触碰下，鲍勃中士会闭上眼睛，或者掏出他的钱包，给她一张十块或者二十块的钞票。

"这是真的，'肉泥'真的很爱她，"有一天，我们在河边闲逛，艾普尔·梅对我说，"虽然他们是我的父母，可想到自己的父母相爱什么的有点恶心。"

艾普尔·梅给每个人都起了外号，她父亲是"肉泥"，她妈妈是"脆饼"。

有一年情人节，鲍勃中士送给罗丝一把九毫米口径的手枪。

"假如一个男人给他的女人一把枪，说明他真的很信任她，"鲍勃中士说，"那把枪也不会成为寡妇制造者。也许某些枪确实是寡妇制造者，但这把肯定不是，它比一盒糖果有用得多。回到家里的时候，比起看到我老婆为我烤了一个苹果派，我宁愿发现她刚刚拿枪崩了一个骚扰她的强奸犯。没错，千真万确，假如一个男人给他的女人一把枪，说明他真的很信任她。"

鲍勃中士分门别类地给各种枪起了绰号，有"寡妇制造者""孤儿制造者"，还有"和事佬"。假如劫匪经常用某种枪来抢劫汽车，他就叫它"汽车制造商"，假如某种枪打得不准，就叫它"祈雨巫师"，打得准的枪则叫作"立法者"。

他送给罗丝的手枪是粉红色的，还为它配了一只特别的粉红色枪套，这样她就能把枪挂在胳膊底下随身携带。然而她实在太胖，肥肉把枪从胳膊底下挤到了上衣前襟和乳房之间。待在房车附近的时候，她就这样把枪放在乳沟前的衬衫下，出门时则装进包里。

罗丝说："这是我收到过的最好的礼物，因为他希望我安全。"

其实鲍勃中士最初不想让她拿着一把粉红色的枪，他说，假如她遇到麻烦，没人会把这种颜色的枪当回事，然而罗丝仅仅靠着摸他的头发和捏他一边的耳垂就彻底将他说服。

"遇见我丈夫之前我就喜欢枪，"罗丝说，"所以在枪的事情上他糊弄不了我。我小时候家里就有枪，我父亲用它们打猎，枪能给我自由，我很清楚这一点。反正，我的愿望清单上的下一把枪得是沃尔特PPQ点40，他知道了也会很高兴的。"

但我妈妈认为罗丝不应该把枪藏在上衣底下。

"这就像把点着的蜡烛放在窗帘边上，或者在煤气炉上烘干衣服，"她说，"总归会烧着什么东西的。"

罗丝说："一旦有了枪，你的体温会永远保持正常温度。但我有种很强烈的预感，我觉得他下次会送我一只戒指。"

我妈妈说罗丝是个好人。

"她对所有病号一视同仁，"我妈妈说，"她是个好护士，哪怕有人快要死了，她也会说他们会活下去。她没法告诉别人坏消息。"

谈到我的妈妈，罗丝说："老天只给了你亲爱的妈妈四十八张扑克牌，不够一整副，也许是上帝数错了，也许是有人偷走了六张。你妈妈是含着银汤匙出生的，但她是个好人。你妈妈证明了'有钱人也可以做个好人'，她从来不炫耀她那些漂亮的鞋，也不会自吹自擂。"

人人都喜欢我妈妈。我相信这是因为她能看透他们的内心，弄清楚他们受过什么伤害，她就像一个包纳万物的口袋，每个人都能在她心里找到安稳的容身之处。

罗丝还说："你妈妈的问题是，她对每个人的痛苦感同身受，这对一个在医院工作的人来说可不好。同情心过度也是病。"

我妈妈在退伍军人医院做清洁工，罗丝在同一家医院当护士。在我们所在的佛罗里达的这个地区，一个人能找到的工作种类屈指可数。我妈妈连高中毕业证都没有，只能在医院的清洁部门工作。

我的芭蕾舞演员妈妈擦地板、铺床、刷便盆、倒垃圾、扫走廊。她在衣服外面套了一件工作外套，戴着橡胶手套，鞋子外面套着塑料袋，头上包了一个发网，把乱蓬蓬的金发兜在里面。

我妈妈和艾普尔·梅的妈妈都抱怨退伍老兵没有得到应得的治疗，医生们看诊不及时，老兵们常常要等几个月才能获得医治，连医院的清洁部门都总是缺少必要的物资，甚至包括卫生纸和清洁剂之类的基本用品。

"医院是介于天堂和人世之间的地方，"我妈妈说，"我该怎么描述这个地方呢？在这里，一个成年男人可能因为失去了手臂而哭得像个孩子，人们可能像个纸娃娃一样被撕得四分五裂。他们知道自己没法保护任何人，可要是你谁都不能保护，生而为人又有什么意义呢？"

罗丝说，她在工作中最见不得的惨剧就是病人自杀。

"那些老兵，没有死在战场上，却用刮胡刀和绳子结束了自己的生命。"她说。

一年一度的"全国护士周"期间，当地的教会牧师雷克斯·伍德先生——他也住在房车露营公园——会到医院去，主持一个他自己发明的叫作"祝福之手"的仪式，他喜欢创造一些新颖的宗教仪式，以"宗教创新者"自居。

举行"祝福之手"仪式当天，护士们会抽出二十分钟，暂时离开病人，放下手中的工作，到医院外面的停车场去，排成一队，举起双手接受祝福，雷克斯牧师会走到每个人面前，边祷告边往她们的掌心洒一点圣水。

总有一两个嗑冰毒或者海洛因的瘾君子在停车场附近晃悠，旁观牧师的祝福仪式。大多数人都能看出嗑冰毒和嗑海洛因的人的区别：冰毒成瘾者脸上有溃疡，挂着吸食冰毒后特有的微笑，他们有的已经没了牙齿，有的就算还有几颗牙，也不过是嘴里的摆设，完全失去了用处。海洛因成瘾者在医院周围游荡的原因是希望个把护士能偷偷塞给他们一支注射器或者一盒泻药，他们总是靠在汽车上打瞌睡，甚至为了躲避夏天的炎炎日光而钻到车底下睡觉。

每个人都知道，为了一年中仅有的这一天，全体护士都会跑到当地的美妆店做美甲。我之所以知道这一点，是因为我妈妈会在观看祝福仪式的时候紧紧握住拖把，其他清洁女工则会把手放在口袋里，清洁工的双手得不到祝福的原因是没人认为她们的手有资格接受祝福。

雷克斯牧师喜欢把他的讲道内容和祷告词打印出来，分发给教会成员。"全国护士周"结束后的那个星期天，他会先把"祝福之手"仪式上使用过的布道词发给教堂会众，然后站在布道台前大声朗读：上帝保佑关怀他人和辛勤劳作之人的双手；上帝保佑帮助他人行走之人的双手；上帝保佑拿注射器和端水杯之人的双手；保佑清洁他人身体之人的双手；保佑承担世间苦痛之人的双手。阿门。

我妈妈说，你永远不知道魔鬼藏在哪里，说谎者总喜欢假扮祭司或者诗人，他们往往躲在最干净纯粹的地方。

放学后，艾普尔·梅和我喜欢沿着河边散步，那里有个小码头，我们可以坐在上面眺望水面。

我们聊聊这个或者那个吧。坐下来之后，艾普尔·梅会这样对我说。

我们看着蜻蜓掠过水面，睁大眼睛关注河里的所有动静，哪怕最微不足道的涟漪，因为那很可能是短吻鳄在水底缓缓游动。佛罗里达的每个人都知道，当你坐在码头上时，绝对不能把脚放进水里，但艾普尔·梅喜欢挑衅我，说我肯定不敢这么做，我每次都会跟她对着干，然后嘲笑她没有这个胆量。她虽然矢口否认，却始终不敢学我的样子，因此我们两个都心知肚明：我才是最勇敢的那一个。

有时候艾普尔·梅会抱怨她的父母，比如这样说：" '脆饼'快把我逼疯了，'肉泥'也一样，他们两个迟早要把我逼疯，我怎么会有这样的父母？为什么？"

对于这一切，我只能耸耸肩。

"嘿，嘿，你怎么样？玛格特把你逼疯了没有？"

我只能回答"没有"。

"没有？"

"没有。"

"嘿，"艾普尔·梅说，"我听说你妈妈以前总是闻燃气炉里的燃气，这肯定对她的精神有影响，要不然她怎么整天恍恍惚惚的？"

"你什么意思？"我问。

"得了吧，我全都听说了，你妈小的时候，家里人为了哄她睡觉，就给她闻燃气，她爸爸会把她抱到燃气灶旁边，扭开旋钮。"

我当然知道这件事，是我妈妈自己对我说的。她说，她父亲告诉她，假如小女孩不想睡觉，那就给她闻点燃气，效果比喝一杯牛奶要好。

"她有时候肯定会把你逼疯那么一点点，"艾普尔·梅继续道，"快点承认吧，所有父母都会把孩子逼疯的。"

"没有，"我说，"她从来没有。"

我妈妈总是知道该说些什么话来哄我开心，让我微笑。

有一天，我妈妈说："珀尔，你知道世界上最好的问题是什么？最最好的？"

"不知道，告诉我。"

她过去和现在的生活总是混在同一个碗里，就像面粉和糖。

"那个问题就是'你去参加舞会吗'。"她回答。

第七章

艾普尔·梅和我还会跑到河边抽烟，我们刚开始抽烟的时候，我只有十岁，她十二岁。

我是偷香烟的专家，除了替艾普尔·梅做家庭作业之外，帮她偷香烟是我对她尽到的第二项朋友义务，其他事务一概由她负责。她决定我们要做什么，甚至连我们穿什么都是她说了算——这意味着我们什么颜色的衣服都能穿，唯有粉红色除外，任何有Hello Kitty或迪士尼卡通人物图案的衣服也不能穿，她讨厌迪士尼动画里的所有公主。

既然我的职责是找香烟，我必须潜入露营公园寻找抽烟的人，没有那么多人可供选择，因为这片土地上只停着匹辆房车。

幸运的是，每个人都吸烟，除了艾普尔·梅的父母和我妈妈。

我总是鬼鬼祟祟地寻找机会，设法从人家放在周围的烟盒里顺几根香烟出来。偶尔也有勇气大爆发的时候，我会拿走一整盒，但大多数情况下我只能从别人的烟灰缸旁边偷偷拿走抽了一半的烟。哪怕在放学回家的路上，我也会捡拾被人家踩灭或者从车窗里扔出来的烟头。

放眼整个房车露营公园，总有一辆车不会让我这个偷烟贼空手而归，那就是罗伯塔·杨太太的房车。大家都称呼她全名，她和三十岁的女儿诺埃尔住在房车里，另外还有两只小吉娃娃和一只住在笼子里的鹦鹉。晚上她们会把鹦鹉笼子收进车里，白天的时候，鸟笼就放在一棵矮棕榈树下的塑料椅子上。

诺埃尔没上过学，但她是个电气天才。大家都知道，假如你家的灯坏了，或者电源插座冒出火花，找诺埃尔准没错。

"她就像是从闪电里生出来的，"她妈妈如是说，"她什么都会修，只要扭几下电线，就能让彻底罢工的汽车电瓶死而复生。"

诺埃尔有很多芭比娃娃，她给这些娃娃创造了一个小世界，只在意这个世界里的一切，芭比娃娃占据了她家房车的一半空间，或站或躺，还有的以各种姿势坐着。每一个娃娃都有名字和成堆的衣服，诺埃尔对它们的数量了如指掌。有一次她告诉我，她一共有六十三个芭比娃娃。每逢生日和圣诞节，她想要的礼物只有芭比娃娃。

艾普尔·梅不喜欢诺埃尔，从来不找她玩，假如看见诺埃尔在附近，总会忙不迭地躲着她。

艾普尔·梅相信诺埃尔会用电电她，还给诺埃尔起了个外号"伏特"。

诺埃尔有一头黑发和棕色的眼睛，她把头发编成了小辫，走路时脊背异常笔直，仿佛腰上绑了一块板子。她无论干什么都慢吞吞的，走路时总踮着脚尖。

艾普尔·梅说："什么人会整天踮着脚尖走路？"

"什么人？"

"当然只有芭比娃娃！"

诺埃尔经常给我辅导数学，但她从不开口讲课，完全靠我自己观摩：我看着她一遍又一遍地解题，直到看明白为止。她没法用语言把自己的思路表达出来。

诺埃尔喜欢幸运签饼干，她把里面的幸运签收集起来，放在一个塑料袋里，我花了一些时间才意识到，她会把幸运签上的题词当成诗句背下来。

"陌生人是尚未和你说过话的朋友。"她说。

"我们无法帮到每一个人，但每一个人都可以帮助别的人。"她说。

"下一个满月将带来一个迷人的夜晚。"她说。

"诺埃尔是不是很忧伤？"我问妈妈。

"没错，而且她的忧伤是最糟糕的那种伤心：忧伤而不自知。她是个迷途羔羊。"我妈妈回答。

所有孤独的人或物，以及流落到错误地点的人或物，在我妈妈眼中都是"迷途羔羊"，比如迷途的人、迷途的狗、迷途的子弹和迷途的蝴蝶。

每次我去诺埃尔的房车找她补习数学，罗伯塔·杨太太总会拿吃的招待我。她喜欢给我一碟草莓，然后说："每一颗草莓上有两百颗种子，它是唯一的种子长在外面的水果。"或者告诉我："别忘了看哈勃望远镜拍摄的新照片。"她的口头禅是："全球变暖就像天空是蓝色的一样真实。"

我知道罗伯塔·杨太太是我见过的最聪明的人。她曾经在佛罗里达大学读书，研究生物学。她是一位退休的高中科学老师，依靠领取社会福利保障支票过活。我妈妈告诉我，杨太太失去了一切，包括她的房子。她丈夫常年患病，后来死了，高额医疗费让她一贫如洗。

"垃圾场对周边环境的影响很大，"罗伯塔·杨太太说，"我们都会慢慢受到污染。"为了这件事，她给当地政府和州政府写过请愿书，但没人过来察看垃圾场，或者调查我们的生活用水质量。

罗伯塔·杨太太曾经在垃圾场附近发现过一只十二条腿的死蜥蜴，那东西看上去就像一条蜈蚣。她把这条蜥蜴放在冰箱里，让它跟盒装牛奶和一箱鸡蛋待了好几个星期。她本来打算把它交给科学家或者环保主义者，但许多天过去之后，蜥蜴的尸体萎缩干瘪得不像样，当它的表面生出一层薄薄的绿色霉菌的时候，罗伯塔·杨太太不得不扔掉它，就像扔一块长了毛的面包那样。

她曾告诉我，恐雨症就是指害怕下雨。

"真的吗？真的吗？你认识得恐雨症的人吗？"

"噢，当然。"

"谁？"

"诺埃尔。"

"诺埃尔？"

"是的，当然。我了解这种恐惧，因为她就有这样的问题。诺埃尔下雨天从不出门，永远不会。"

"她怎么啦？"

"诺埃尔认为自己会触电身亡。"

"当然，她会觉得自己是个掉进浴缸的吹风机。"我妈妈说。

罗伯塔·杨太太还给我讲了什么是帕斯卡的赌注，她说那是关于上帝是否存在的赌注。

"就像大冒险挑战游戏吗？"我问。

"不，不完全是那样。"她说。

罗伯塔·杨太太和诺埃尔都抽"沙龙"薄荷烟，这是我最喜欢的香烟。但母女俩都不愿意到外面去抽，所以她们的房车里总有一股烟味、鹦鹉笼里的烂水果味、摆在房车狭窄过道的狗碗里的狗粮味混在一块儿的气味。

"有烟就有火。"诺埃尔经常这样说，鼻孔和嘴巴里同时往外喷着烟雾。

要是能偷到一支"沙龙"烟，一整天我都会兴高采烈。这是因为一点儿不剩地抽完整支烟后，过滤嘴可以含在嘴里，吮起来几乎跟薄荷糖一个味儿。

雷克斯牧师也抽烟。

像我妈妈一样，罗伯塔·杨太太不喜欢雷克斯牧师和各种教会。她说："我们附近这个镇只有几百人，却足足有五个教会，这预示着美国的未来，总有一天，教会要比学校还多。"

雷克斯牧师来自得克萨斯，他是个四十出头的矮个子，剃着光头，戴一副圆形的金属框眼镜。

雷克斯牧师似乎孑然一身，从没有家人亲戚前来拜访他，他说自己结过婚，但是没有小孩。

因为我们这边教会众多，为了吸引更多的教区居民加入自己的教会，雷克斯牧师设计了很多方案，而且为自己的创造力感到无比自豪。他自己特别满意的一个方案叫作"得来速祷告"。

每个月的最后一个星期天，雷克斯牧师会组织志愿者跑到通往城镇的高速路上举标语牌，邀请人们开车进入教堂的停车场祷告。

"每个人都可以把车子停进来，然后坐在他们的小汽车或者卡车里面，无拘无束地祷告，"雷克斯牧师说，"'得来速祷告'让祷告变得更简单，甚至不用给车子熄火，收音机也不用关。"

艾普尔·梅对牧师的话一笑置之。"因为你们住在车里，所以你和玛格特就能整日整夜地做'得来速祷告'了，"她说，"他就是个白痴。"

雷克斯牧师还推出了"掉头转弯祷告"方案。

"掉头转弯祷告，"雷克斯牧师解释道，"意思是，当你行驶在人生的高速路上，不小心拐进了不该进入的路口，你可以马上掉头，回归原来的美好生活。"

他说："假如你染上毒瘾，掉头转弯吧！""假如你打老婆，掉头转弯吧！""假如你忘记了耶稣基督，也请你掉头转弯吧！"

艾普尔·梅说："他忘了说，我们掉头转弯前，一定要打开转向灯，否则会吃罚单。真是个愚蠢的白痴。"

罗伯塔·杨太太提醒我，要警惕雷克斯牧师。

她说："你最好小心点，我不喜欢那个人。你知道吗，就是他开枪杀死了那两只小鳄鱼。"

"雷克斯牧师亲口告诉你的？他承认了？"我问。

"噢，是的。"

"可为什么呢？"

"他觉得很自豪，他说，我们不需要记者和外人过来窥探我们的生活。但他说了什么无所谓，"她说，"我只想告诉你，一定要留意这个人。"

罗伯塔·杨太太不想让我妈妈被雷克斯牧师蒙骗，她告诉我，她尊重我妈妈，因为我妈妈是这一带最有礼貌、最有教养的人。

"你妈妈出身高贵，"她说，"哪怕有了你之后，她依然没忘记'请'这个词的真正含义，它的意思是'假如你愿意'。你妈妈知道你会因为自己想说却没说出某些小事而后悔一辈子。她是那种'知道自己应该戴白手套上教堂，即使她实际上并不这样做'的人。"

　　我知道罗伯塔·杨太太说的是我妈妈未婚先孕，才上高中就生了我，然后又离家出走的事。

　　我妈妈从来没告诉过我我的父亲是谁，我自己也没问过她。我只知道他是个有家室的学校老师，假如搞大学生肚子的事情暴露，他会被关进监狱。

　　我妈妈不想让他介入我们的生活，甚至不允许他出现在我们的脑子里。

　　她不想听到任何人提起他的名字，污染我们呼吸的氧气。

　　她不想让他推门闯入我的梦境，坐下来侃侃而谈。

　　她不想让他像勺子一样搅乱我们的生活，因为我知道她爱他，每次透过我都能看到他。

　　自从罗伯塔·杨太太告诉我雷克斯牧师打算追求我妈妈，我就开始密切地注意他。罗伯塔·杨太太当然是对的，他看我妈妈的眼神就像是打量镜子中的他自己。我能看出他像电影里的人那样，下个星期六晚上就想把我妈妈骗上床。

每隔一个晚上，雷克斯牧师都会敲响福特"水星"驾驶座一侧的车窗，我已经不知道告诉他多少次，他应该去敲后排座的车窗。

每到这个时候，我会摇下属于我的前排车窗，说："雷克斯牧师，这是我的房间！请你去敲后排座的窗！"

"对不起，珀尔，"他每次都这样说，"你妈妈在吗？"

"我不知道。"

"真的？"

"是的，这辆车太大了，我找不到她。"

每隔几个星期他都会给她送一束花，搁在"水星"的挡风玻璃上。车里可没有空间摆花瓶。我妈妈会把花茎剪短，插在装满清水的空奶粉罐里，然后把罐子放在车顶上，把车顶当成壁炉架。

我妈妈对雷克斯牧师总是很友好，因为她善待每一个人。

她说："上帝真的在和这个人较劲。雷克斯牧师认为教会是个可以掉头的U形转弯，或者像一件新衣服。我看得出，他真正想要的是把星期天讲道时骗来的钱装进口袋。"

我妈妈的友善让他总是处于虚假的希望之中。

雷克斯牧师从不正大光明地吸烟。即便一个人住，他也会躲进浴室吞云吐雾，把烟喷到窗户外面。我猜他这是不想受到自己良心的谴责。

正因如此，我不得不溜进他的浴室偷烟。他把烟盒放在窗台上，淋浴间里总是晾着一双袜子，马桶旁边的地板上有一小堆《读者文摘》杂志。水池边上搁着一把牙刷，塑料刷柄上雕刻着十字架上的耶稣基督。

从雷克斯牧师那里偷香烟轻而易举，因为我总是知道他什么时候待在教堂，我还会利用他拜访我妈妈的机会跑到他的房车里偷烟。他敲敲她的窗子，她把车窗放下，我就趁这时跳下车，穿过露营公园，经过旧秋千和公共厕所，来到他的房车。

我告诉艾普尔·梅，牧师的牙刷上雕着耶稣基督，她不相信，让我把它偷过来给她瞧瞧。我当然接受了她的挑战，因为我喜欢冒险，冒险是我最爱的运动项目。

一天下午，我听说雷克斯牧师又忙着去推行他的"得来速祷告"计划去了，就告诉艾普尔·梅在河边的码头上跟我会面，然后我钻进牧师的房车，把刻着十字架上的耶稣基督的牙刷塞进牛仔裤前面的口袋，跑到码头上找艾普尔·梅。

当我把牙刷拿出来时，她说："我不想碰它。"

"瞧，我说得没错吧？"

就在我自顾自地盘算着怎么把牙刷送回雷克斯牧师的浴

室时，艾普尔·梅从我手里一把夺过了它。

"噢，不行，你不能把它送回去。"她说。

"可他会找它，他会知道有人去过那里。"

"东西既然偷来了，就不能把它还回去，"艾普尔·梅说，"那样太愚蠢了。虽然偷的时候没人看见，可万一还东西的时候被人抓住，那可就丢死人了！"

说完，她高高举起手臂，把耶稣牙刷扔进了河里。

从那以后，每当我看向那条河，都会想到那黄色的河水里有鱼和短吻鳄，有十二条腿的蜥蜴和白眼睛的青蛙，还有一把刻着十字架上的耶稣的牙刷静静地躺在河底。

房车露营公园里的其他烟民还有墨西哥夫妻雷伊和科拉松，常人喜欢做的事他们一概不做。他们从不参加钓鱼派对、祷告聚会或者宾果游戏，也不参与退伍军人医院相关的活动，而这是本地社区生活的主要组成部分。他们平时主要讲西班牙语，但他们的英文并不是不好，科拉松的英文实际上相当流利。

科拉松和雷伊只抽红色万宝路，这种烟对他们而言就像一面旗帜，而他们唯一的效忠对象就是香烟王国。他们的房车里外到处都是香烟纸箱，因为他们从墨西哥买烟，那里的香烟很便宜。

我只能在星期六的上午溜进墨西哥人的房车。在那些日子里，我首先会跑到露营公园的休闲区盯梢，在吱呀作响的旧秋千上荡来荡去，观察房车那边的动静。雷伊每个星期六都会到雇主家做园丁，看到他出门工作去了之后，接下来我会耐心等待科拉松外出购物。

科拉松总是打扮得一丝不苟，我们从来没见她像其他人那样穿着睡衣、T恤甚至内衣裤出现在户外，每次离开房车时，她总是衣冠楚楚、精心装扮，黑发完美平直地搭在脑后。她的皮肤是深褐色的，眼睛是黑色的，总是涂一种深红色的口红。

雷伊有着浅棕色的卷发和褐色的眼睛，从外表看不出他来自哪里。

有一次，我妈妈用尊重的语气提到："科拉松是墨西哥印第安人，她知道许多我们无法想象的事情。"

雷伊和科拉松的房车外面，泥泞的杂草丛中，有五只塑料的粉红色火烈鸟、一只塑料地精、一棵树底下摆着一个已经被刺破了的乌龟形状的双环充气游泳池，里面满是泥巴和烂树叶。这些东西一定是前任房客留下的，因为雷伊和科拉松没有孩子。

雷伊在房车的一侧建了个大棚子，里面有成堆的报纸，还有一辆没有座位的生了锈的破车壳子，用来存放报纸和纸板箱。

罗伯塔·杨太太认为，雷伊除了担任园丁，还从事纸张回收业务，因为他会直接和开垃圾车的人讨价还价，收购车上的报纸，这样他就不必亲自到垃圾堆里挑拣废纸了。当然，有的时候他也会这么干。

露营公园里，雷伊和科拉松家的房车是最大的，里面有个房间甚至装着大屏幕平板电视，电视挡住了一整扇窗户，这意味着屋里总是黑的。

妈妈和我蜷缩在"水星"的后排座，用一只廉价手机看电影、综艺节目和新闻。手机是退伍军人医院的一个士兵给她的，无论我们在手机屏幕上看的是什么，哪怕是珠穆朗玛峰或者月球，都只有我妈妈的手掌那么大。

墨西哥人的厨房里，士力架和"银河"糖果堆积如山，还有大袋的乐事烧烤味薯片，假如艾普尔·梅开口，我肯定会去偷点糖果回来。

科拉松在房车的门外放了一只红色塑料桶，里面装满了指甲油的瓶子，她喜欢收集这些东西。

门的另一边摆了一大盆杜鹃花，花土里戳着几十个烟蒂，发黄的过滤嘴看上去就像是杜鹃花周围长出的杂草。面对着这么多只能看不能偷回去抽——因为它们被土弄得湿透了——的烟屁股，我的心都要碎了。

艾普尔·梅和我总是去码头吸烟，她相信短吻鳄害怕烟，不会靠近我们。

"无论什么动物、昆虫或者生物都不喜欢火。"她说。

每天下午，艾普尔·梅向我提出的第一个问题必然是"你偷了多少烟"，然后我们会商议如何分赃。要是我只偷来一支，我俩会轮流抽，你一口我一口。假如我偷来了一整包，我们就把它们全抽光。

在那些在码头上度过的静谧下午，我们总爱点燃烟卷，仰面躺平，把烟雾吹向天空。

艾普尔·梅有点嫉妒我，因为我无师自通，弄明白了如何吐烟圈。

"其实很简单，只要把嘴摆成大大的O形就可以了。"我说。

可她怎么都做不到。

我看着烟圈离开我的嘴，慢慢往上飘，起初很小，在上升的过程中逐渐扩大，最后变成能够套住我们身体的大圈，径直朝云层飘去。我知道我的烟圈会被风吹到海里，变得巨大无比，一路飘到意大利。

艾普尔·梅和我之所以不怕被短吻鳄拖进河里，还有另一个原因：每个星期天，十点钟的教堂礼拜结束后，艾普尔·梅的父亲和另外几个镇上的男人会带着一冷藏箱冰镇啤酒、手枪和霰弹枪来到河边，他们会喝着啤酒朝水面射击，以防水里蹿出鳄鱼。

我知道河床里嵌着成千上万颗子弹，有些甚至被河水冲到岸上，混杂在河滩上的碎石里。

一年中有许多次，那些对着河水开枪的人会看到水中泛出红色的油状液体，意识到自己击中了水下的活物。

每个星期天，我和妈妈在车后排做花生果酱三明治当午餐的时候，都知道那些人在河边打枪。

"他们又开始了，"我妈妈会说，"他们在杀死这条河。"

第八章

房车露营公园里的人，有的以贩卖兜售为主业，有的习惯性地许下各种诺言，有的迷迷糊糊终日做梦，但没有人真正信仰什么，不需要太长时间就能看清这一点。

以雷克斯牧师为例，他终日贩卖祷告，频繁许诺要给教堂添置一台钢琴。他也买了枪，这增加了我去他那里偷烟的难度，况且现在出入露营公园的人也多了起来。

"我要把枪支从街道上清走，"他说，"我要为阻止美国的暴力犯罪贡献一臂之力。请把你们的枪交给我——祖传的旧枪也包括在内。"

本地人很快意识到，假如他们缺钱，可以把枪卖给雷克斯牧师，雷克斯牧师甚至在当地报纸上刊登了一则广告，上面写着："把你的枪交给上帝。"

因此，露营公园里的每个人都对那些背着霰弹枪或者怀揣手枪在前门闲逛的人视若无睹。我见过一个男人带着个棕色的大箱子，里面肯定装满了手枪。

每当我绕着公园走的时候，经常能看到一个或者两三个人坐在雷克斯牧师房车门前的金属台阶上，等着把枪卖给他。假如其中有人抽烟，我偶尔会以我妈妈的名义向他讨一支烟来抽，至于他能不能从口袋里掏出烟来给我，总有一半的可能性。

有一回我跟一个老头要烟，他不相信我，对我说："你本来就是个小矮子，再抽烟就更长不高了，傻丫头。"

每当我抱怨起自己的矮，妈妈总喜欢给我讲拇指姑娘的故事。"想象一下，"她说，"拇指姑娘睡在火柴盒里，床单是康乃馨的叶子，用核桃壳当小船。"

虽然我喜欢拇指姑娘的故事，但我知道老头给我下了咒。说完我是傻丫头之后，他给了我两根烟，说："去吧，丫头，别把自己给点着了。"从那时候开始我就意识到，自己之所以这么矮，全都是他的错。

购买枪支是雷克斯牧师的另外一项计划，与"掉头转弯"和"得来速祷告"计划一样，根据牧师的承诺，"把你的枪交给上帝"活动原本预期推行一个月，然而刚一开始就大受欢迎，所以他决定将这项活动永久进行下去。一天上午，他在教堂里宣布，他会坚持做这件事，直到上帝亲自喊停才会罢手。

罗伯塔·杨太太抱怨说，她不喜欢让那些游手好闲的男人整天在露营公园里晃悠，想要发起请愿禁止他们进来，然而没人愿意跟雷克斯牧师过不去。

我去教堂做礼拜时，几乎都是和艾普尔·梅同往，因为我妈妈从小信奉天主教，轻看其他所有教会。她相信天主教会才是正统，因为他们的教义都是一致的，也因为教堂会在举行仪式时点香燃蜡，香气氤氲，很是迷人，世界上所有的天主教会闻起来都是一样的味道。

"我不相信他们的那一套礼拜，"我妈妈说，"记住，你只是出于礼貌才会到他们的教堂去，因为艾普尔·梅邀请了你，并非因为你认同他们爱耶稣的方式。"

我妈妈偶尔不得不去雷克斯牧师的教堂，因为本地社区的许多重要活动都是在那里举行的。雷克斯牧师会组织宾果游戏、车库大甩卖、《圣经》研读小组、退伍军人专场敬拜和"圣灵舞蹈之夜"之类的活动。

除了我们之外，当地的天主教徒就只有雷伊和科拉松了。我妈妈叫他们"墨西哥天主教徒"以示区别，因为他们崇拜瓜达卢佩圣母[1]。

由于雷克斯牧师总是乐于助人，当他把自己房车上的两个房间之一出租给一名来自得克萨斯的男人时，大家并不感到奇怪。雷克斯牧师把这个男人的情况告诉了罗丝，艾普尔·梅又说给我听，然后我告诉了我的妈妈。露营公园里的消息就是这么传递出去的。罗丝的消息最为灵通，因为总有人因为头疼或者背疼之类的毛病找她。她家里有一大瓶泰诺[2]，像分糖豆一样慷慨大方地见人就给。

从罗丝那里拿到六片泰诺之后，雷克斯牧师主动告诉她，他的一个朋友目前正处于困难时期，过来投奔了他，他们是在得克萨斯老家的教堂里结识的。雷克斯牧师说，那个男人会在他家住上几个月，在本地找个工作。

"他现在落魄了，"牧师说，"每个人都有可能落魄，一着不慎就可能无家可归，转瞬之间失去一切，除此之外别无选择。"

大家第一次见到那个住在牧师家的男人，是在某个星期

1　罗马天主教为圣母马利亚封的头衔，指的是在墨西哥一圣母画像中显灵的圣母。此画像被保存在墨西哥城的瓜达卢佩圣母圣殿。利奥十三世教宗在1895年10月12日为此画像加冕。
2　一种常用的非处方止痛及退烧药。

天的常规礼拜仪式上。

但我早就见过他了。

每个星期三下午晚些时候，雷克斯牧师会到退伍军人医院为病人服务，而那时我也正好放学，所以这是个溜进他的房车偷烟的好机会。

那天的天气炎热潮湿，仿佛有一整块巨大的云团降落在露营公园，把我们居住的地方裹了个严实，闷热得难以忍受。我深知，在这种情况下，几乎每一位公园的居民都会坐在拖车里的风扇前面喝着冷饮什么的解暑。

这个星期三的下午，我又热又困，浑身疲乏无力，甚至连拳头都握不起来，只能穿着内裤和T恤，懒洋洋地躺在"水星"的后座，试图凉快下来，根本没心思写作业。

罗伯塔·杨太太说，这样的日子让她相信地球确实离太阳越来越近了。

"这是地球的运转轨道发生了变化。"她说。

"飞翔的鸟儿心中总是装着土地。"诺埃尔用她的幸运签语回应妈妈。

当我决定飞快地溜出去，钻进雷克斯牧师的房车偷点儿烟的时候，甚至懒得穿衣服和鞋。

"水星"车外面的空气相对比较凉爽，赤脚踩在草地上感觉很暖，我匆匆忙忙地跑过路旁的滑梯、秋千和公共厕所。

厚重的乌云无法长时间储存过多的水汽，天下起了毛毛雨，我加快脚步，穿过几棵小树。绕过墨西哥人的房车的时候，那边的草坪上到处都是破家具、粉红塑料火烈鸟之类的垃圾，我不得不放慢速度，以免科拉松在外面。幸好四下无人。房车前门附近十来堆用绳子捆好的报纸已经被雨水打湿了。

跳上牧师房车门口的三层台阶之前，我环顾四周，确保没有人躲在附近，然后轻手轻脚地靠过去，敞开门跨了进去，关上金属门。

雨水顺着我的额头和脸颊流下来。T恤和内衣紧紧地贴在我的皮肤上，好像已经成为我的一部分。我晃晃脑袋，把头发上的水甩掉。

那一刻，我脑子里想的并不是怎么偷烟，而是在考虑如何让偷来的烟保持干燥。我打算找个超市塑料袋或者到厨房柜台附近找个容器。

"你在这里干什么，小姑娘？"伊莱说。

看到他之前，我先听到了他的声音。

我停下脚步，屏住呼吸，动也不动。

"你在这里干什么，小姑娘？"

他讲出这句话的时候，每个词都连在一起，听上去的效果就是："你——在——这里——干什么——小姑娘？"

　　我慢慢地朝左边转过脸去，在雷克斯牧师的床上看到了伊莱，他赤身裸体地坐在床垫边缘，正对着一台巨大的圆形风扇，膝盖上横放着一支霰弹枪。

　　他对自己的一丝不挂毫不在意，完全不打算遮掩。

　　我仍然没有动，头一回在盗窃现场被人抓住的我并不打算回答任何问题。

　　"你是很想进来躲雨吗？"他说，他的声音柔和悦耳，像是在唱歌一样。

　　我点点头，心怦怦地跳，与远处的雷声遥相呼应。

　　他的眼睛是蓝色的，非常蓝，但不是天蓝也并非海蓝，是一种超乎我想象的、特别的蓝色，他的黑头发很长。

　　"嘿，小姑娘，你转过身来对着门。"他说。

　　我知道他看见了什么：一个皮肤白得异乎寻常的小女孩，白得像一只去了皮的苹果、一瓶牛奶、一勺香草冰激凌。他看着我刚刚由十二岁过渡到十三岁的新身体。

　　"你像蜡烛一样白，小丫头，我敢打赌，你身体里肯定有一根蜡烛芯，点着了就能把你照亮。"他说。

　　我没有动，也听不懂他的话。

"嘿，小丫头，转过来，对着门，转过来，你的身体很漂亮。等我穿上衣服，给你找条毛巾擦一擦。"

我没有照他说的向左边转身，而是猛然回头向后，打开门，蹿下台阶，跑过墨西哥人的房车、旧滑梯和秋千，弯弯曲曲地穿过其他几辆房车，跑到"水星"车前，一把拉开车门，跳了进去，用力关上门，钻到储物箱下方的空间里躲着，身体蜷成了一个球。

第九章

我第二次见到伊莱的时候，是和艾普尔·梅还有她的父母去教堂。罗伯塔·杨太太和诺埃尔坐的地方和我们隔着一条过道。她俩都穿着白色正装，看起来很严肃，两手交叠，规规矩矩地搁在膝盖上。我妈妈认为她们是地球上最后两个为了上帝而打扮的人。教堂里的其他人都穿着普通的牛仔裤、短裤和T恤。新教徒这种随随便便的做派让我妈妈感到非常震惊，促使她更加蔑视他们。

教堂里的最后几排长椅是为退伍军人医院的病患和护士们保留的。每个星期天都有一辆巴士免费把老兵们接到教堂，有的老兵坐着轮椅，有的拄着拐杖。陪同他们过来的护士是为了帮助那些行走不便或者坐轮椅的人。有时如果罗丝值班，她会和老兵们一起坐在后排。每到星期天，一个强壮的男护士会抱着一个失去双腿和双臂的人进入教堂做礼拜。

罗丝说，退伍军人医院里有各种各样的病患。

看到后面几排长椅上坐着的那些人的时候，我意识到罗丝说得对，他们的身材和肤色真的是各不相同。

罗丝说，战争带来的创伤是一本故事书。

全体会众落座之后，伊莱才走进教堂，他穿着蓝色的牛仔裤和一件整洁的白衬衫，黑色牛仔靴踩在地板上噔噔作响。

伊莱的两边肩膀上分别背了一支霰弹枪。

罗丝朝鲍勃中士挑了挑眉，低声道："那个人是谁，竟然大摇大摆地把枪带进教堂？"

每个人都盯着他看。

他先后朝过道左边和右边的会众微微点了点头，大步往里走。

罗丝说："瞧瞧那个人走在过道里的样子，八成是把自己当成了来教堂结婚的新娘。"

看到我坐在他左边的一排长椅上——就像一只小小的白色鸡蛋，伊莱的两只眼睛眨了眨，好像在说："我认识你。"

来到前排座位时，他先把其中一支霰弹枪的背带从肩上取下来，然后卸下另一支枪，把它们都搁在长椅上之后才坐下。

后来，当我把伊莱在教堂里的举动告诉妈妈之后，她说："只有一种人会带着两支霰弹枪走进教堂。可以肯定的是，他绝对不是个宽容大度的人。"

伊莱深吸一口气。我们都看着他。教堂里的每个人都能感受并且看到他的呼吸，因为他不知道，在我们所在的佛罗里达的这个地区，大家的呼吸都很浅，绝对不敢用力吸气，因为垃圾场飘出的毒气和短吻鳄出没的河边湿地传播的病菌会让人生病。伊莱深呼吸的动作让人觉得他似乎不知道现在正值蚊蝇泛滥的酷暑，而且飓风季一周之后就要来临，他贪婪地吸食着教堂里的空气，仿佛要让无数个"阿门"充满自己的身体。

他还给教堂里带进来一股柠檬和松果混合在一起的味道。

"那是香水，"鲍勃中士说，"姑娘用的。"

艾普尔·梅捏了捏我的胳膊，朝我摆了个斗鸡眼，每当她想说"这都是什么乱七八糟的"的时候，就会摆个斗鸡眼。

我可以看到坐在过道另一侧的诺埃尔和罗伯塔·杨太太，诺埃尔牛仔裤前面的口袋里装着两个芭比娃娃，娃娃金黄色的长发拖在裤袋外面，我还发现诺埃尔的船袜袜筒失去了弹性，从脚踝上滑落下来，甚至连脚后跟都包不住，诺埃尔却浑不在意。

那天上午，雷克斯牧师在讲道中说起了伊莱的故事，故事的主人公就坐在前排静静地抬头看着他。

雷克斯牧师用一块淡蓝色的手绢擦了擦额头，开始讲道。他说："今天我不准备谈论主耶稣，而是打算说说我来自得克萨斯的朋友，伊莱·雷德蒙。"

雷克斯牧师说出"伊莱"两个字的时候，我并不知道这意味着我们的麻烦开始了，更不知道我妈妈将会成为这个男人的猎物，而他的名字竟然还会变成她心中的歌。

我妈妈后来说这并非巧合，是比莉·哈利迪、贝茜·史密斯和妮娜·西蒙[1]把伊莱·雷德蒙送到她身边的，艾塔·詹姆斯不是唱过一首叫作《终于》的歌吗？我妈妈不相信巧合，她认为所有的事都是上帝的安排。

听着牧师讲道，艾普尔·梅扭过头来看我，又摆了个斗鸡眼，可见她压根不信牧师的那套说辞。

"伊莱·雷德蒙遭到了命运的重击。"雷克斯牧师说。

我望向伊莱，但只能看到他的侧影。雷克斯牧师身体前倾，靠在硬木讲台上，抱着胳膊侃侃而谈。伊莱面带微笑地看着他，显然很喜欢听别人讲关于他的故事。

1　三人和下文的艾塔·詹姆斯都是美国著名的爵士女伶。

"伊莱·雷德蒙失去了他的家庭，"雷克斯牧师重复道，"就像玛丽·西莱斯特号莫名其妙地失踪那样，你们还记得那艘船吗？那真是个悲伤的故事。人们找到它时，船上的土豆和火腿还是热的，好端端地摆在盘子里，却一个人影都没有。空无一人。没人知道船上发生过什么，但肯定不是什么好事，糟糕得很。救生艇还系在船边上，船上的人却消失了，怎么会这样？他们去了哪里？这是个关于海洋的未解之谜。"

"有一天，伊莱下班回到家，发现他的妻子和两个儿子全都不见了。"雷克斯牧师说。

教堂里的人有的转过身去，有的伸长了脖子，有的歪过头来，纷纷看向伊莱。现在他已经低下了头，闭上了眼睛，似乎又不忍心听到自己的故事了。

"是的，没错，"雷克斯牧师说，"这个人失去了一切，他的全家凭空消失，不知去向，他也找过他们，但一无所获。我希望他的霉运能够变成好运，因为我们这个充满了爱的教会大家庭接纳了他，我们可以成为他的救生艇。"

诺埃尔早已放下手中的《圣经》，拿出了口袋里的两个芭比娃娃，她正一手举着一个娃娃，让它们踮着脚尖在前排长椅的靠背上走路。

我环顾四周，发现教堂天花板上布满霉斑，左边的墙上有一大幅耶稣基督的镶框画像，右边墙上挂着一只造型简单的金属十字架。我不想把注意力放在雷克斯牧师那边，他现在越讲越激动，满脸通红，不停地重复着先前的话："啊，没错，救生艇，是的，我们就是他的救生艇。救生艇。谁会给这个人送一件救生衣？不能让他喝海水。那首著名的诗[1]里面说过。所以，谁会给他送去淡水？谁给他工作？"

雷克斯牧师说到"不要杀死信天翁"的时候，全体会众毫无反应，没人明白他的意思。

艾普尔·梅扭过头来，低声问我："信天翁？什么意思？"

"主和你们每一个人同在，"雷克斯牧师说，"下面我们来祷告。"

礼拜进行到这一步的时候，有人从椅子上站了起来，有人跪在地上。

我跪在艾普尔·梅旁边，鲍勃中士也吃力地在我旁边跪下了，罗丝继续站着。

我紧紧闭上眼睛，向上帝祷告，感谢他让身为天主教徒的我妈妈看不起新教教会，所以她今天不会来到这里听什么

1　指19世纪英国诗人柯勒律治的诗作《老水手之歌》。诗中，老水手因杀死跟随船只的信天翁而遭到一系列报应。后来，英语中就常用"挂在脖子里的信天翁"来表示"提醒某人不要犯错的警示之物"。

伊莱·雷德蒙的故事。我知道假如她也在，说不定会摸摸他的额头，往他嘴里塞一支温度计。

祷告结束时，雷克斯牧师请伊莱·雷德蒙站起来讲几句话。

伊莱站起来转身看着会众，这是我第二次听到他那连说带唱、摇篮曲般的魅惑声音。

他说："我站在这里，就像田野里一棵孤独的树。没有其他树帮助我承受狂风和暴雨。闪电击中这棵树，击中了我。我想找到我的女人和小孩。无论白天夜晚我都不能安眠，看不到他们的眼睛，我的眼睛就无法闭上。你们尽可以猜测我曾有过怎样的可怕经历，但我的痛苦已经远远超出了常人的想象。"

伊莱说话的时候，面前仿佛放着一只摇篮，而他正弯下腰哄里面的小孩睡觉。

"没有人爱我，"他说，语调越来越像唱歌，"也许我的女人也在寻找我，也许他们正在某一条高速公路上漫无目的地徘徊，也许他们已经踏入了有去无回的死亡之地，但一切只不过是'也许'而已。"

满室鸦雀无声，没有人说话。"也许"成了那一天我们心目中最重要的词汇，过去我们对它视若无睹，现在它却光芒四射，仿佛包含一切问题的答案。

最后几排长椅上传来退伍老兵们小心翼翼的喘息声，他们似乎在慎重地琢磨着"也许"这个词的崭新含义。

虽然那些人努力控制自己不要盯着伊莱·雷德蒙看，但他们总是不由自主，因为他们认识他，很久以前，他们也曾是伊莱·雷德蒙。

他们凝视着这个得克萨斯人，想起了多年前他们搂着女人的腰的感觉，想起自己的手臂是如何微微用力，让她们从身体内部感受他们的强大。

老兵们激动莫名，难以自制，我能听到他们的金属拐杖和轮椅在主人的情绪鼓噪下发出焦虑的哀鸣和喘息。

第一眼看到这个男人的时候，这些身心破碎的士兵就意识到他们早已沦为废墟。

第十章

我的妈妈非常善良，善良得简直过分。

有些人会说，最好还是把这样的善意锁起来，绝对不能展示给别人看。

她从来不会对我说"不"。

她喜欢说："我是一杯蔗糖，你随时可以把我借走。"

她就是一杯蔗糖。

然而甜蜜女士总想着去找糟糕先生，糟糕先生更是能在人群中轻而易举地发现甜蜜女士——他们如同铁块和磁石。如果说糟糕先生是一台冰箱，那么甜蜜女士就是"橘子之州佛罗里达"冰箱贴。

我妈妈邀请伊莱·雷德蒙到我们的车上做客。

她张开嘴巴，摆成一个大大的"O"形，把他吸进了身体里。

她张开嘴巴，把伊莱·雷德蒙麝香味道的抚慰吸进了身体里。

我想不明白：既然那些情歌中所讲的道理，我的妈妈全都一清二楚，为什么还要跟这样的男人纠缠不清呢？她熟知爱情大学里所有的情感，比如《只是因为孤独》和《别管我是谁，给我打电话》。

听见他说他叫伊莱的时候，我妈妈立刻跪倒在地，向他俯首称臣。

他的声音一下子就俘虏了她，他说的第一句话正是她想听的。他对她轻语吟唱："我是你的解药，甜蜜的宝贝，我的宝贝，哦哦哦，你的名字永远写在我的心里。"

从那以后，他只要吹一声口哨，就能把她召唤到身边。

那天我和妈妈一起去卫生间，路过休闲区时，她第一次见到了伊莱。

作为每天早晨的常规活动，钻出"水星"车之后，我们首先要去的就是卫生间，我先进去，妈妈在外面等我。

我妈妈遇到伊莱·雷德蒙的时候，我正在小小的卫生间里洗脸刷牙，突然听到外面传来说话声——是她和那个得克萨斯人在交谈，我知道那是伊莱，因为他是唱着说出每一个词的。

他说："你是什么意思？你知道我要来吗？就像等待春天那样？"

"是的。"

我走出卫生间，发现我妈妈坐在破烂的塑料秋千上，穿着她那件几乎透明的薰衣草色长睡袍，伊莱站在她身后推着秋千，把她娇小的身体推向空中。

他的嘴里叼着一根燃烧的烟卷，两只手都腾出来推秋千，把她送上清晨的天空。我妈妈闭着眼睛，感受着他搁在她腰部和臀部的双手。

我独自一人回到"水星"车里穿衣服，准备去上学。

大约半小时后，我妈妈回来了。她敞开门，爬进后座，转身平躺在座位上，双手捂脸，似乎不想让伊莱的脸留下的印迹离开她的视网膜。她的光脚上全是泥巴，不知怎么，她竟然在这段从卫生间到"水星"车的短短旅途中弄丢了自己的人字拖。

"宝贝，珀尔，"她说，"我现在相信一见钟情了，所以你要控制好自己的眼睛，不要到处乱看。"

从那时起，我妈妈就开始一厢情愿地等待，每分每秒都盼着和伊莱在一起。

"也许我又找回了自己的未来。"她说。

接下来的那个星期天，我妈妈把我赶出"水星"车，催促我和艾普尔·梅去教堂。虽然她的语气温柔和蔼，听上去却像是不容置疑的命令，我知道她想和伊莱单独相处。

过去的一周里，伊莱用糖果贿赂我，让我给他俩的二人世界腾地方，他买了一袋黄色包装的花生M豆和一包彩虹糖豆，但他很快就看懂了我的心思，只用了两天时间，他就弄明白我真正想要的其实是香烟。多亏我妈妈对伊莱爱得发狂，我和艾普尔·梅如今天天都能抽上骆驼烟。

在教会成员们的期待中，又一个星期天来临了。走上讲坛之前，连雷克斯牧师本人都掩饰不住内心的激动，朝门口频频回首，前来参加礼拜的老兵们坐立难安，左顾右盼，女性会众打扮得比平时整洁了许多，几个男人甚至穿上了长袖衬衫，简直是破天荒头一遭。

大家都在等待伊莱，但我知道他正和我妈妈待在"水星"的后座上。

"失去了家庭的伊莱竟然有这么大的吸引力。"艾普尔·梅小声对我说。

"是啊。"

"你妈和伊莱好上了？"

"是啊。"

"就像盐遇到了伤口。"她说。

雷克斯牧师讲道时心不在焉，他提到了两个神迹故事——"圣安东尼和骡子""吝啬鬼的心"，但很难弄明白他究竟想说什么。捧起祈祷书的时候，他的双手都在颤抖。

我望向诺埃尔和她妈妈坐的那排长椅，诺埃尔看起来似乎一个星期都没梳头，涂着深红色的口红。

"瞧瞧诺埃尔，"艾普尔·梅说，"快看她。"

"她肯定是摸了电门。"我说。

艾普尔·梅点头同意。

布道结束，雷克斯牧师说："这就是我今天给大家留下的问题。我们相信神迹吗？在座的每个人都需要问自己这个问题。你们相信神迹吗？如果你连神迹都不相信，为什么还要求上帝对你施以神迹呢？"

与此同时，我看到诺埃尔从椅子上滑了下去，躺在地板上，她晕倒了。

几个人匆匆忙忙地跑过来，帮助罗伯塔·杨太太抱起诺埃尔，放在长椅上。罗丝快步走过去，测了测诺埃尔的脉搏，雷克斯牧师也走下讲台来帮忙。

罗丝摸着诺埃尔的额头，看她有没有发烧。雷克斯牧师举起祈祷书，对着诺埃尔的脸扇风。

这时大家才意识到礼拜已经结束，于是陆陆续续地离开了教堂。每个人都轻手轻脚，避免发出声音，仿佛屋子里有个熟睡的小婴儿或者死去的人。

鲍勃中士、艾普尔·梅和我坐在长椅上等着罗丝，等着她照顾完诺埃尔。

诺埃尔昏倒的原因很简单。

她也爱上了伊莱·雷德蒙。当他走下布道台的那一刻，她就知道自己被他迷住了，并且永远都会迷糊下去，再也无法清醒。

我们还听说，在上一次教堂礼拜中见到伊莱之后，诺埃尔就在自家房车的周围挖了许多土坑，花了好几个小时，挖坑工具是从厨房里找来的两把大汤匙和一把叉子。

诺埃尔足足挖了六十三个坑，她把自己的六十三个芭比娃娃搬出来，一个接一个地种进坑里，头上脚下，土只埋到娃娃们的膝盖。

环绕房车的芭比娃娃们组成了一块娃娃田，黄、红、黑、棕四种颜色的头发露在外面，从远处看有点像杂色相间的破碎花瓣。

伊莱走进教堂的两天后，我去诺埃尔家的房车找她补习数学，头一次看到了那块娃娃田，我立刻意识到情况很不对劲，而且猜到艾普尔·梅见了娃娃田之后，肯定会在接下来的两个星期里不停地谈论这件事。

我跨上房车的两级台阶，顺着门缝往里窥探，想看看是否有人在家。只见诺埃尔躺在沙发上看书。我从来没见过她看书，与女儿相反，罗伯塔·杨太太总是书不离手。无论如何，我不相信诺埃尔真的能看进去。

诺埃尔穿着一件轻飘飘的粉红色睡袍，跟我妈妈那件薰衣草色的睡袍完全是同一款式。诺埃尔和我妈妈在沃尔玛买了同样的公主睡袍，这种样子的睡袍有薰衣草、粉红和橘红三种颜色，只卖九块九毛五，据说衣料还能防火。

我知道数学辅导课泡汤了。

诺埃尔身旁放着一包"沙龙"牌的"绿野仙踪"香烟，我决定进去跟她搭讪，看看能不能偷一两根烟。想到这里，我的嘴巴仿佛立刻尝到了薄荷烟的味道。但进门之前，我先去娃娃田逛了一圈，像拔草一样揪着娃娃的脑袋，拔出了五个娃娃，丢在脏兮兮的泥土里。

我回到房车门口，敲了敲纱门的门框，诺埃尔抬起头，坐了起来。她走到门口，穿着丝绸睡袍的身体好似在半空中飘浮。

透过门上的纱网，她看到了我。

"噢，是你呀，珀尔，"她说，"有事吗？"

"我能进来吗？"我说。

诺埃尔敞开门。

越过我的肩膀，她看到了我身后的娃娃田，发现那五个被我拔出来的娃娃躺在泥地里。

"噢，不！"她从我旁边挤过去，冲向娃娃田。

我趁机走进房车，从烟盒里抽走两支"沙龙"，塞进袖子里。

我知道诺埃尔是怎么回事：当她在教堂第一次看到伊莱时，他就把她变成了一个女人。诺埃尔始终贪婪地张着嘴巴，想把他吞进肚子里。

而自从看到伊莱沿着过道走进教堂的那一刻开始，罗伯塔·杨太太就恨上了他。

她甚至想借用鲍勃中士的测谎仪，她叫它"多波动扫描器"，鲍勃中士用这台机器确保钓鱼比赛的公正性，因为很多人都会作弊，虚报鱼获的数目。

"没有人能骗过这个盒子。"鲍勃中士说。

他利用这台机器在佛罗里达各地赚外快，为州里的各种钓鱼比赛提供测谎服务，并且美其名曰"钓鱼界净化行动"，他说，每一名参赛者必须签署协议，同意接受测谎仪的测试，然后才能参加比赛。

鲍勃中士总在为测谎设计各种新问题，标准问题比如："你是否从别人的船上拿了鱼？""你是否事先在你的船上或者卡车里藏了鱼？""你是否在规定区域以外的地方钓了鱼？""为了摆脱麻烦，你是否谎报过鱼的数目？"

罗丝害怕那台机器，她知道假如丈夫怀疑她搞外遇，一定会率先对她使用测谎仪，所以，对于搞外遇这件事，她是连想都不敢去想的。

鲍勃中士曾经告诉他的钓鱼爱好者朋友们，他愿意免费测试他们的妻子，看她们是否背叛过自己的丈夫，他笑嘻嘻地说："只要把测谎问题里面的'鱼'换成'情人'就可以啦！"

"那台机器就像最高法院的大法官，高高在上地坐在我卧室的角落里。"有一天，罗丝在医院里告诉我妈妈。

鲍勃中士说，有些人为了骗过测谎仪，测试前会在鞋子里放一只图钉，尖头朝上，对着机器讲真话的时候，他们会踩一下图钉，他们认为疼痛导致的心跳加快会让机器误以为他们在说谎，从而扰乱测谎仪的判断。

罗伯塔·杨太太巴不得在伊莱身上试试测谎仪的威力，但她不知道该如何引他上钩。

她说，伊莱·雷德蒙是在大西洋上制造飓风的微风，是纯粹的骗子，是那种会打破你家所有窗户的坏蛋。

第十一章

伊莱占据了我的领地。

他把我踢出车外。

伊莱把他的得克萨斯牛仔靴放在"水星"的左侧前轮旁边，牛仔夹克搭在引擎盖上，太阳镜架在挡风玻璃前面的雨刷上。

他从来不敲门。

我妈妈大老远就能感应到他的脚步声，无论当时我们正在唱歌、吃东西，还是在解决我的作业题，意识到他来了，她会突然间抬起头，停下手中的所有活计，抚平卷曲蓬松的金发，往嘴里丢一块方糖。

果不其然，几分钟后，假如我望向窗外，就会看到伊莱正向我们走来，但他的眼睛会看着天空，我不知道他为什么从来不会绊倒或者踩到什么东西，他就这么看着天空，大地却对他的忽视毫不在意。

"出去玩吧""快走吧""出去找点事做""你可以走啦"，我妈妈总是这样说。

于是我便会从车的一侧钻出去，伊莱则从另一侧钻进来。他总是径直钻到后排座，仿佛那是一张床。

"出去玩吧。"我妈妈说。

我一般会在公园里漫无目的地晃荡。

有时我的运气比较好，可以跟艾普尔·梅出去玩，但大多数时候我都在休闲区徘徊，在秋千上一坐就是一两个小时，直到我看见伊莱离开"水星"，返回雷克斯牧师的房车为止。

我偶尔也会去河边，但通常不敢一个人过去，因为我害怕短吻鳄。

我也从来不独自去垃圾场，"跟艾普尔·梅一起在垃圾场发现腐烂的死狗"和"我一个人发现死狗"完全是令人感受迥异的两码事。

上一回我和艾普尔·梅去垃圾场，她发现了一只装满干蛇皮的塑料袋，我在一个葡萄酒瓶里找到了一颗黄铜子弹，玻璃瓶里的子弹闪闪发光，我不得不砸碎瓶子才把它拿出来，子弹外壳上潦草地刻着两个字母——V和P。

"老天爷，"艾普尔·梅说，"这颗子弹上刻着一个人的名字。"

"我觉得这颗子弹没开过火。"我说。

"你拿着它吧，说不定以后有机会用到。"艾普尔·梅说。

"当然，我不打算把它留在这里。"我把这颗好比"瓶中巨灵"[1]的子弹放进牛仔裤口袋。

在公园里闲荡了好几天之后，我意识到伊莱打算占用我妈妈除了工作之外的全部居家时间。

现在"水星"车里满是他的香水味，连他不在的时候都这样。"那是古龙百露。"我妈妈说。我告诉艾普尔·梅古龙百露的事，她告诉了罗丝，罗丝说，那是猫王一直用的香水。

公园后面有一辆废弃的房车，最后一任租客是一位年轻的妈妈和她两岁的孩子。女人的丈夫在伊拉克受了重伤，在退伍军人医院接受治疗，后来他死了，他妻子离开此地，回到位于坦帕的娘家，和父母住在一起。

因为伊莱占了我的位置，我不得不找一辆空车待着，我

1　此处是把子弹比喻成阿拉丁神话故事中的"灯中巨灵"。

已经受够了在公园里四处游荡的生活，我需要找个地方做作业，远离蚊子的骚扰。

那辆废弃的房车里面还挺干净。有些房车设计得相当精致，甚至有好几个房间，但这一辆的构造很简单，只有一个非常狭长的房间，房间的一侧分别是厨房、带淋浴的小卫生间、一个吧台和两个凳子。

房间的另一侧摆了一张狭窄的双层床，上铺没有床板，只剩床架，但下铺上面有张旧床垫，木质床头板上画着涂鸦，还有铅笔刀刻的字：我在等待2061年的哈雷彗星。

地板上丢着一本童书和一辆玩具卡车。那是一本涂色书，画着手枪、霰弹枪、步枪和机枪，封面写着《给枪涂颜色》。

在厨房抽屉里，我找到了一包纱布绷带、一把猎刀和一个装满鱼饵苍蝇的咖啡杯。猎刀有着长长的黄白色骨质刀柄，咖啡杯上一面印着鲸的照片，另一面写有"奥兰多海洋世界"字样。

水槽下方有两个没开封的箱子，里面可能装着大号黑色垃圾袋和一只马桶搋子。

卫生间里有块绿色的"激爽"香皂，包装还没拆开，门后挂了一条有污渍的毛巾。

几周的时间过去了，造访空房车成为我的生活常态，因为伊莱几乎每天下午都去找我妈妈，直到我需要回"水星"睡觉的时候才会离开。

妈妈从来不问我去了哪里或者做了什么，对伊莱的迷恋让她终日昏昏沉沉，甚至打不起精神起床上班。

然而，对于自己的困倦，她有着不同的解释。

"我需要思考太多的问题，"她说，"这让我睡不着觉。"

"什么问题？"我问。

"各种各样，"她说，"比方说，动物会不会相互交谈？如果一个人死了，我们还需要继续信守对他许过的诺言吗？就是这一类的问题。还有，我的生命是否重要？我甚至还想知道'别回来先生'会不会回来，我想他了。"

一天晚上，我离开废弃的房车回家睡觉，路上遇到了雷克斯牧师。他一动不动地站在露营公园的大门口，无声地躲在树木后面的阴影中，他能从那个位置看到坐在"水星"车后座的伊莱，还能看见坐在伊莱腿上的我妈妈。

我知道现在伊莱占据了雷克斯牧师原本打算占据的位置，在这个男人搬过来与他同住之前，雷克斯牧师曾经以为他会用自己的东西装饰"水星"车的后排座。

他没看见我，也没听到我走近，所以我悄悄地后退了几步，藏到一棵树后面，身材瘦小的我很难被人发现。

雷克斯牧师从上衣口袋里拿出万宝路香烟和打火机，他点了一支烟，一边慢条斯理地抽烟，一边盯着伊莱和我妈妈，这支烟仿佛燃尽了他所有的幻想和希望，他每吸一口都极为用力，而且连一点烟雾都不吐出来，就这样慢慢地抽完了整支烟。在雷克斯牧师和我的注视下，伊莱脱掉了我妈妈的上衣；在我们的注视下，他弯下腰亲吻了我妈妈小小的乳房；在我们的注视下，我妈妈吻了伊莱的脸。

把自己的全部幻想和希望吸进了肚子里之后，雷克斯牧师把烟蒂扔到地上，用鞋跟将它碾进了碎石缝隙里，转过身去，匆匆忙忙地走回他的房车。

我也转身回到废弃的房车，在那里又待了一个小时，因为除此之外我没有别的事可做。

既然爱上了伊莱，我妈妈肯定会极尽所能地品尝他，且永远不会从他那里获得饱足。

伊莱离开后，我回到"水星"车上，看见她像小猫一样舔着自己的手掌，意犹未尽地怀念他的味道。

晚上她会穿着伊莱的衬衫睡觉，在睡梦中焦躁不安地频繁翻身。

假如我妈妈在别的女人身上见到这样的症状，她一定会立刻做出自己的诊断，她会说："珀尔，就像歌里面唱的——她要的是水，他却给了她汽油。"

第十二章

每天放学之后，我和艾普尔·梅沿着高速公路走回家的时候，总会不停地扫视路面，想遇到点有趣的东西。我们捡到过一张五美元的钞票。

有一天，我和艾普尔·梅虽然没捡到钱，但在灌木丛里发现了一只小浣熊，也正是这一天，警察来到房车露营公园，搜查了我们的汽车。

艾普尔·梅俯下身，仔细打量着小浣熊，说："它还是个小宝宝。你觉得它受伤了吗？它说不定生病了。"

"别管它了，"我说，"浣熊可能有狂犬病。"

"噢，没错，当然。"她说，迅速向后退去。

我们两个同时大步走开，仿佛连靠近浣熊都会染上狂犬病。来到离露营公园不远的地方时，我们看到一辆警车停在"水星"旁边，警笛已经关了，但红色的警灯依然在闪烁。

我妈妈站在外面，赤着脚，只穿了那件薰衣草色的睡袍。我知道警察过来时她一定在睡觉，因为我们用来做窗帘的毛巾依然挂在"水星"的窗户上。她这会儿本应该在上班，而不是在车里。学校都放学了，现在至少三点钟了，她不应该还没起床。

我妈妈抱着肚子，身体来回摇晃。

来了两个警察，都是高个子男人，在他们的衬托下，我妈妈显得比平常还要瘦小。其中一个警察红头发，脸上有不少雀斑，从雀斑多这一点来看，他可能是艾普尔·梅的亲戚。另一个头发是黑的，皮肤也黑，一只手按在枪上，与"水星"保持着谨慎的距离。

红头发警察围着"水星"走来走去，不时透过毛巾的缝隙往车窗里面窥视。我听见他说："这么说，车里面没有别的人，对吗，女士？"

我朝妈妈那边走过去，两个男人同时看向我。

黑头发警察吸了口气，对此我早已习惯——这是人们看到我蛋壳般的皮肤和浅蓝色眼睛之后的惯常反应。

我走到妈妈身边，握住她的一只手。

红头发警察走过来问我："嘿，你是不是有白化病？"

艾普尔·梅脚步不停地朝前走，目不斜视，仿佛不认识我们。

"这是你的女儿吗？"红头发警察问我妈妈。另外一个警察却始终一声不吭。红头发警察的声音冷静而清晰。

我替妈妈回答了问题。"是的，"我说，"她是我妈妈。"

"你们住在这辆车里吗？真的吗？"

"是的。"

"你的出生证明呢？"

黑头发警察一语不发地打量着周围的一切，两颗门牙用力地咀嚼一块黏性很大的口香糖，右手始终按在腰间的枪套上。

"快点回答，女士，这个孩子是你的吗？"红发警察问，"别告诉我这是你到处鬼混生下的连出生证明都没有的孩子！看在上帝的分上！她有白化病吗？她有名字吗？"

"珀尔，她叫珀尔。"我妈妈说。

"她姓什么？"

"弗朗斯。"

“你的名字呢？”

“玛格特·弗朗斯。”

“你有这辆车的注册证吗？保险证明呢？你从哪儿得到的这辆车？它是盗窃来的财物吗？你从哪里得到的这辆车，女士？你们在这里待了多长时间？”

“它不过是一辆报废了的车。”我妈妈回答。

“瞧瞧那些袋子，”另外一个警察看着车窗里面说，这是他第一次开口说话，嗓音高亢，有点像女人，“她是个该死的袋子收藏狂人。”

“嘿，托雷斯。”红头发警察绕到后备厢前，呼唤同伴。

托雷斯打开驾驶座一侧的门，打开后备厢开关，然后走到车后，往敞开盖子的后备厢里面看。

那些有着白纸衬里的美丽纸板箱、木头盒子和带有精美金色锁扣的皮箱都在后备厢里。

他抓起绿色的毛毡袋子，拉开袋口的束带，拿出里面的象牙船。

“你从哪儿弄来的这个？”他小心地举着象牙船问。

他把象牙船放回长长的袋子里，又把袋子放回后备厢，摸了摸黑色的皮革小提琴盒，不过没有打开它。

“我的天，”他说，“这些都是什么？你抢了古董店吗，女士？"

他甚至举起那只又长又扁的盒子摇了摇，盒子外面包了一层生丝，缠着黄色的缎带。

他看了看我们的冷藏箱，掀开盖子，说："牛奶和酸奶，健怡可乐，几个苹果。"

"瞧瞧这个，"托雷斯对另一个警察说，"过来看看。你们从哪里弄来的这些东西？是不是偷来的？"

"不是，"我妈妈回答，"它们都是我自己家的东西。"

"是吗，"托雷斯说，"给我看看你的胳膊。"

"你什么意思？"

我妈妈双臂交叉抱在胸前。

"不行。为什么？"

"我不会说第二遍。"托雷斯说。

他抓住我妈妈的左手腕，用力一拧，她的整条左臂暴露在阳光下。

他看了看我妈妈光滑柔软的手臂内侧。

"好吧，我觉得她可能是个吸毒的。"托雷斯说，"我怀疑有人卖毒品给你，女士。"

托雷斯又转过身来看着我。

"你这个漂亮的小天使女儿在想什么呢？嗯？"他问。

"听着，女士。"红头发警察说，为了直视我妈妈的眼睛，他不得不把腰弯成近乎直角。

　　"听着，女士，"他重复道，"我们会安排拖车把这辆车拖走，你打算怎么处理车里的东西？最好找个地方把它们存一下。一两天后拖车就会过来。你有地方放你们的东西吗？你们准备去哪里住？"

　　我妈妈哭了起来，但她没有发出半点声音，泪水扑簌簌地顺着脸颊流淌而下。

　　"无家可归又不违法，"她说，"这不是犯罪。"

　　"她真的是我妈，"我说，"一开始就是。"

　　"听着，小姑娘，"警察说，"如果她没法证明你是她女儿，你就得去寄养中心。法律就是这么规定的。我们怎么知道她没有绑架你，嗯？我怎么知道你不是失踪儿童？也许你就是失踪儿童。也许。"

　　我妈妈紧张地将一只光脚踩在另一只光脚上，似乎地面变成了滚烫的烙铁。

　　"你没有出生证明吗？"警察问，"听着，女士，你们不能住在车里，你们无家可归，小汽车不是住的地方。"

　　我抬起头，视线从妈妈的光脚挪到正一瘸一拐地向我们走来的鲍勃中士身上。他穿着百慕大短裤，我能看见他的假腿用皮带绑在残肢上。

鲍勃中士头上戴着士兵头盔，肩上背着一支巨大的枪，仿佛做好了开火的准备。我曾经在他的房车里见过这把机关枪。

艾普尔·梅跟在他身后一路小跑，我原以为她是抛下我们不管了，就算这样，我也不怪她。聪明人永远不会和警察产生正面冲突，所以她请来了救兵。看到她像个勤务兵似的跟在父亲身后，我顿时觉得哪怕让她使唤一辈子都心甘情愿。她就是我的老大。

因为鲍勃中士是从两个警察身后过来的，他俩没有发觉他的靠近，更没想到有人敢拿枪瞄准警察。

"我不想开枪，"鲍勃中士开口了，"今天没兴致。可你们别不相信，我弹无虚发。"

两个警察慢慢转过身去，举起双手，眼中的震惊和恐惧显而易见。

"嘿，嘿，"红头发警察说，"冷静点，兄弟。"

"我不是你兄弟。"

"你知道我的意思，伙计。"

"我不是你的兄弟。滚出去，你们两个，听见没有？"

红头发警察朝警车的方向缓缓后退。

"如果你们还想要命的话就赶紧滚，我会假装你们没来过，"鲍勃中士说，"你们也忘了今天的事。"

"我们会逮捕你的，"托雷斯说，"你现在就被捕了。"

"听着，小子，给我你的驾驶证。我这辈子都会记住你的名字。要是你敢把这事说出去，我就把你逮住，杀你全家。不开玩笑。我有创伤后应激障碍，明白吗？法律管不着我。我觉得自己现在就在阿富汗，而你们是想要杀我的塔利班。"

"算了，我们还是走吧。"红头发警察对同伴说。

"算你识相。"鲍勃中士说。

"好吧，我们走。"托雷斯说，但回到警车上之前，他转身看了看我妈妈。"听着，女士，"他说，"你们最好别在车里住了，否则他们会把你女儿领走的。一定会的。"

"我现在只想看到你们的后脑勺，"鲍勃中士说，"快滚，今天的事从来没发生过。"

警察开着车走了。

鲍勃中士卸下肩上的枪，瘸着腿走向我妈妈。站在他旁边的她显得格外瘦小，他一只手拎着枪，另一只手放在我妈妈的头顶，似乎把她当成了小孩子。

"听着，"他说，"玛格特，你们不能再在这辆车里住了，你得给自己和珀尔另找个住处，否则社工会把她从你身边带走，你知道的。"

"谢谢你，鲍勃中士，"我妈妈说，"你够朋友。"

"我是认真的，你们得另找住处。"

"我知道，我知道。"

"你今天没去医院吗？"

"我忘了。"

"玛格特，你怎么能忘记上班？发生什么事了？"

"我只是忘了今天是星期一，"我妈妈说，"我以为今天是星期天。"

鲍勃中士摇了摇头，转过身去，一瘸一拐地往回走。艾普尔·梅看着我，也摇了摇头，显然很伤心。我知道她接下来会说什么，迷信至极的艾普尔·梅会把所有糟糕的事归咎于我们没有带走垃圾场里那箱包着纸巾的蛾子。她会抽着我刚偷来的香烟，对我说："我早就告诉过你，所有的事都是有联系的，警察来这里的原因是蛾子的鬼魂在作怪。"

我妈妈打开车门，回到"水星"里。我跟着她来到后座，地板上有个黄色的麦圈盒子，她拾起盒子，搁在腿上，开始一个接一个地干吃里面的麦圈。

"你今天没去上班？为什么不去？"我问。

"我没法去。"她说。

"为什么？"

"噢，宝贝，"她说，"几个星期前，他们送进来一个男人，我没法直视他，连靠近他都不行，他的翅膀被撕掉了，他们把他从迈阿密的退伍军人医院送到这里，因为那儿满员了。我没法再待在那个医院了。"

"为什么，他怎么了？"

"宝贝，他数自己的心跳。"

"他可能很快就要走了。"我说。

妈妈一把搂住我。"离我近一点。"她说。

"太热了。"

"热？我觉得很冷。"

"你觉得鲍勃中士把那些警察吓跑了吗？他们不会再回来吧？"

"你知道吗，"我妈妈说，"我一直有个想法，我总觉得鲍勃中士是三K党，但也许他不是，也许我想错了。"

两星期后，一把枪出现在我们的汽车里，过去的十二年里，"水星"车里只有娃娃、毛绒动物玩具、我们的衣服、干制食品、水果、毛毯和书。

"我们现在需要枪，"我妈妈说，"伊莱说我们需要，因为警察来过。你先别碰它，我会教给你怎么用。周末我们就去河边练枪，好吗？我们早点去，趁着没有人。"

她递给我那把手枪，它又小又黑。

"瞧，不是很沉，"她说，"伊莱说里面有十五发子弹，我可以连开十五枪之后再换弹夹。"

"他从哪里弄来的这把枪？"

"我不知道。"

妈妈说："我们把伊莱的枪放在驾驶座下面。"那里还放着我从垃圾场捡来的东西，如果有人把手伸到驾驶座底下，会发现一袋水银珠、几颗弹珠、一只金耳环、四颗铜纽扣和一把枪。

接下来的那个星期六，我们很早就起了床，来到河边。

"手里有了枪，我连河里的短吻鳄都不怕了。"我妈妈说。

"你真的知道怎么用吗？"

"你上学后伊莱教过我。"她说，"我很有天赋，这是伊莱说的。我猜是钢琴练习的功劳。我每次都能击中目标。这很简单。我每次都很走运。伊莱说，开枪的时候不用想太多，没什么好犹豫的。"

我们来到河边的码头附近，我妈妈在一棵树上贴了张白纸，白纸中间用记号笔画了个黑色的圆圈。

"伊莱让我蒙着眼射击，"妈妈说，"我每次都能打中。"

她重复了一遍伊莱讲过的要点。"用你的优势眼瞄准，"她说，"不能下蹲、眨眼或者低头。"

我正对靶子站好，把枪举到与视线持平的位置。

"你心里需要有个意念，想着你能用这颗子弹做好事。"我妈妈说，"这是伊莱说的，你希望好事发生。"

我没有击中目标。

"你的手太小了，"妈妈说，"你需要一把小孩用的枪。"

我把十五发子弹全打光了，可它们连白纸的边缘都没沾到。

"我们真的需要它吗？"我问。

"这把枪是伊莱送给我的，"我妈妈说，"是礼物。"

"为什么？"

"别告诉你的朋友我们有枪，不要说。为了安全起见，这是一种防护措施。"

"防护？"

"就像下雨天需要雨伞。"

“伊莱为什么把它给你？”

“他认为送枪相当于送玫瑰。”我妈妈说。

伊莱认为两个相依为命、住在小汽车里的女孩只需要一把枪就够了。

第十三章

　　警察跑到露营公园威胁了我妈妈一番、伊莱为此给了我们一把枪之后，我和艾普尔·梅吵了一架，这是我们之间第一次、最后一次和唯一的一次吵架。之所以是唯一的一次，是因为我们再也没有和好，我永远失去了她，而且我也想不出用什么阴谋诡计或者赌咒发誓的办法挽回她的友谊，我根本不知道该说些什么才能让她原谅我。

　　我们一直是朋友。早在我妈妈把"水星"开进露营公园的访客停车场之前，艾普尔·梅一家就在这里住了。鲍勃中士告诉我，我妈妈刚来的时候身上还穿着校服，背着装满课本的书包，怀里抱着个新生儿。艾普尔·梅和我情同姐妹。最糟糕的地方在于，我俩竟然为了一件连我们自己都不相信也不了解的事情大吵一架。

这天我来到码头，发现艾普尔·梅早就到了，我的心情很好，因为我身上带着刚从墨西哥人那儿偷来的烟。科拉松和雷伊在一把椅子上放了几包万宝路，我设法偷了两根出来。

艾普尔·梅盘腿坐在码头上，离水面很近。

"嘿，坐回来一点，"我递给她一根烟，"短吻鳄一秒钟就能把你拖进水里。"

艾普尔·梅满不在乎地耸耸肩，点燃香烟。

我坐在她旁边，点着了我的烟。

"好吧，"我说，"既然你打算招鳄鱼咬，我就跟你一块儿，让它们把我俩拖走吧。"

"你真够朋友，小耗子。"艾普尔·梅说。

"小耗子？你认真的？你就这么叫我？"

"嗯，没错。"

"这是我的外号？"

"是的，别生气，"艾普尔·梅说，"这个外号挺不错，用你的耗子嘴舔舔我的脸，快点。"

"不，我才不舔，我简直不敢相信，你是不是早就在背地里偷着叫我小耗子了？"

我们嘻嘻哈哈地笑了一阵，呼吸着浓郁的烟草味道，然而接下来一切都开始不对劲。

"那些条子没再回来吧？"艾普尔·梅说。

"没有，我妈觉得我们可能需要暂时把车停在别的地方。"

"也许这是个好办法。"

"是的，也许吧。可就算是搬家，我们也得搬到离学校和我妈上班的医院近的地方。"

"你知道吗，"艾普尔·梅说，"我得和你说点事，珀尔。玛格特根本没去上班，她失业了。我爸今天告诉我，你妈不应该和伊莱在一起。我爸说，伊莱没走在上帝安排的正道上。"

"胡说。"我说，然后我开始为这个破坏我们的生活、偷走我妈妈的男人辩解起来。

"我爸说，伊莱会把你妈的好心肠全都吃进肚子里。"艾普尔·梅说，"他说伊莱和雷克斯牧师走私军火，'把你的枪交给上帝'完全是骗子的勾当。"

"不，伊莱是好人，你爸为什么这么说？"

"我爸会看人，从里到外看得清清楚楚。他打过仗。伊莱对你妈不好。要是你妈不上班，你们的日子怎么过？"

"我妈说你爸是三K党。"我报复般地反唇相讥。

可就算这是真的，我也绝对不应该说出来。

艾普尔·梅闭上了嘴，把烟蒂扔进河里，我知道它会落到铺满子弹的河床上，水底的棕色烂泥和火药残渣里面还有雷克斯牧师的"十字架上的耶稣"牙刷。

"你妈说我爸是三K党？"艾普尔·梅说，"噢，真的吗？你们还不如说他是个巫师呢。"

我知道自己应该闭嘴，我现在恨不得把刚才说出的话从半空中捞过来，塞回嘴巴里。

"胡说八道，"艾普尔·梅说，"你妈弄错了。我这就回家去问我爸。"

"不，她没弄错，"我说，"你怎么知道他不是？这一带有黑人吗？我反正一个都没见着。谁能来这里都是你爸说了算。我妈说，你爸妈是种族主义者，但我们只能和你们交朋友，因为别无选择。"

虽然明知道应该立刻闭嘴，我还是忍不住说了下去。我的话跟着呼出的气流自然而然地飘了出来，越过河面和对岸的棕榈树，进入云层，飘向海洋。我再也无法把它们抓回来。

K可不是什么普通的字母，我们应该拿起刀子，把它从字母表里挖掉。

第十四章

我妈妈很快便忘记了警方的威胁，再也不提要把汽车挪到别处。她依然和伊莱如胶似漆。

除了废弃的房车，我无处可去。

大多数时候，放学后我会直接回到房车里，在那里做作业或者看书。有时我会躺在双层床的下铺，抽伊莱给我的烟。

没过多久我就发现，每天上午，有人会在我去学校之后使用这辆房车，因为水槽里出现了陌生的烟蒂，窗户下面出现了团成球的面巾纸，有时候双层床上还会出现报纸。

有一次，我发现有人在马桶里撒了一泡浅黄色的尿。

然后房车里出现了枪，起初是下铺上的两支霰弹枪。接下来的几天，从上铺到天花板之间的地方堆满了霰弹枪、机枪和手枪，后来下铺也被枪支堆满。双层床仿佛在转瞬之间变成了武器库。

两周后，枪支的数量增长到了持有者不得不对其进行分类的程度。上铺分配给了机枪，下铺用于存放步枪。手枪和其他种类的枪现在被放进两个大箱子里，占据着卧室区和厨房之间的空地。

我现在不能躺在床上，也没地方写作业，只能坐在厨房柜台前练练字，做做阅读题，而且时常不由自主地转过脸去看看那些武器。

坐在房车的这一侧，我能看到窗外的休闲区，还有里面的秋千和滑梯。

有一天我困极了，索性趴在厨房柜台上打起了盹儿，半梦半醒之间，我听到那些枪说起了人话。

它们七嘴八舌地告诉我，一个七岁的女孩和一个二十二岁的男人在车上向外开枪，两个十来岁的男孩被警察开火击中，一个两岁的男孩在帮派枪战中被打死，二十个小学生在校车上被枪杀，一位妈妈在超市被枪杀，两个女人在停车场被枪杀，二十个少年在电影院被枪杀，一个十岁的女孩在图书馆被枪杀，五个大学生在足球赛上被枪杀，九个人在教堂祷告会上被枪杀，一对母女在车里被枪杀，四个修女在公交车站被枪杀，八个八岁的小女孩在芭蕾舞班上被枪杀，两个警察在警车中被枪杀，一个九岁的小女孩在操场上被枪击中多次，子弹把女孩身旁的树木打烂了，一架机关枪向天空扫射了九十发子弹，在天幕上留下九十个弹孔，暴风雨中的子弹杀死了雨滴，在月亮上穿出二十个弹孔。枪声打断了交谈，词语被弹头撕裂，字母表中只剩下 a b c l r s t x z，情侣被枪击拆散，眼泪和弹壳同时坠落于地板，我最亲爱的，我的唯一，我的宝贝，我的独一无二，我们全都独一无二，所有人都孤独，所有人都害怕，所有人都在四处寻找爱的子弹。

然后，在这个充满了枪支吟唱的幻梦中，我听到有人慢慢地踏上房车门口的台阶。

我抬起头，看着门把手向下转动，乱晃了几下，什么东西掉了，门口的人把它捡了起来，然后一脚把门踹开。

科拉松走进房车，抱着六支霰弹枪，她转过身，走到双层床前，把霰弹枪搁在下铺的步枪旁边，刚准备往门外走的时候，她看到了我。

"啊，宝贝儿，"她说，手按在心口，"你吓到我了，你怎么不出声啊。"

"科拉松？"

"是我，宝贝儿，是我，你在这里干什么？"[1]

她朝我走来，看到我搁在厨房柜台上的作业本。

"你为什么来这里？"她问。

"我来做作业。"

她点点头。她明白。人人都明白我妈妈现在和伊莱好上了。

科拉松又往我这边走了几步，面带微笑，棕色的大眼睛眯了起来，向我伸出一只手。

"来吧，你不能待在这里，来，宝贝儿。"她说，"你去我家做作业吧，好吗？"

她摸了摸我的头顶，拢了拢我的头发。"你的头发真软，"她说，"皮肤真白，就像面粉。"

科拉松怜爱地摸着我的脑袋，把我毛躁的浅金色头发抚平。

"你不能待在这里。"她边说边抱我起来。我太瘦小了，是个人就能把我抱起来，仿佛我只是个六岁的小孩子。

"我们现在去我家，"科拉松说，"'她'在等着你，我家有M豆。"

科拉松的英语很好，但她老是不明白英语里并没有阴阳词性之分，所以总会用"他"或者"她"来代替"它"。

我的腿绕在她腰上，胳膊搂着她的脖子，她一只手臂揽着我，另一只手拿起我的作业本，夹到胳膊底下。

科拉松身上有一股乐牌柠檬洗洁精、多芬香皂、汰渍洗衣粉、阿贾克清洁剂和来舒消毒水混合在一起的味儿，我就像是来到了超市的洗涤用品区。

"再也别来这里了，你得跟我保证，"她说，"这辆房车，'他'是用来放枪的。"

科拉松抱着我来到外面，走过秋千和滑梯，绕过雷克斯牧师和罗伯塔·杨太太的房车，朝她自己的房车走去。

经过塑料地精和五只塑料火烈鸟旁边时，她用力搂了我一下，我喜欢做她的宝贝儿。

"再也别去那个地方了。"科拉松说。

我望向她身后不远处诺埃尔家的娃娃田，一群蜜蜂在娃娃们的头顶盘旋，在那些红色和黄色的头发里面寻找花粉。

第十五章

我不再在废弃的房车里度过下午和傍晚，而是去了科拉松家。

墨西哥人的房车里也到处都有枪。

靠墙放着一排霰弹枪，通往两个卧室的走廊上也堆了不少，两个卧室的床底下塞着机关枪，起居室的大箱子里全是手枪，几乎每个房间里都有无数的弹药箱，从地上一直堆到天花板。

我们只能围着厨房柜台坐，科拉松清理用过的枪支，我则在一旁做功课。有时我们也会聊天或者听音乐。

她还让我看电视，主要是墨西哥肥皂剧。

"墨西哥的爱情肥皂剧比现实世界好多了，"科拉松说，"那些电视剧专家只要研究一下就会知道。"

她给我拿来雪碧、薯片、火星巧克力棒、甜甜圈和M豆，还用微波炉热了几包爆米花。她和雷伊吃的全都是垃圾食品。

科拉松把枪拆开，用一块抹布擦去里面积下的厚厚一层碳渣，她还会擦掉积存的枪油和没有充分燃烧的火药渣，红白相间的抹布很快变成了黑色，然后她会把拆开的枪放进化学溶剂里泡几分钟。她经常不得不用牙刷清理边角和缝隙，最后用一块不会掉绒的织物擦干枪身。有时候她会用专门的枪刷清理枪管内部的堆积物，给旋转部件和滑动部件上油。厨房台面和起居室里摆着各种用来给枪支上润滑油的注射器，有的还是空的，有的已经注满了。

枪支清理完毕，科拉松必须给每一件武器贴上标签用以识别，她用黑色记号笔在黄色的标签纸上标注，再把标签纸上的挂绳拴到枪柄上。她有好几本布朗纳斯公司[1]的枪械产品目录，对照这些目录给手头的枪支分类时，科拉松会让我帮忙做标识，因为她觉得我的字比她的好看。正是通过这种方式，我对各种枪械有了一些了解。

雷克斯牧师和伊莱是这些武器的所有者，他俩以"把你

1　世界上最大的武器生产商。

的枪交给上帝"这个活动的名义，从医院的退伍军人手中或者枪械展览会上购置了大量的枪支。

科拉松负责清理它们，雷伊协助伊莱把枪运到得克萨斯出售，但大部分武器被他带出边境，运到了墨西哥。

科拉松干活时烟不离手，她有个老掉牙的立式烟灰缸，缸底的细沙上堆满了黄色的过滤嘴。

她真是个好人。有天下午，我鼓起勇气跟她要烟抽，她哈哈大笑，给了我一支。

黄昏来临时，房车里已是烟雾弥漫，科拉松说，搬进这辆房车之后，她干的第一件事就是拆掉那些愚蠢的烟雾报警器。

不摆弄枪的时候，科拉松会打扫房车。我以前从没见过这么干净的地方。怪不得她浑身都是洗涤剂和肥皂味，生活在如此靠近垃圾场的地方，她不得不小心谨慎。

科拉松在墙上贴了一张歌手赛琳娜·金塔尼利亚[1]穿着紫色连身裤的大幅海报，照片的上方写着：特哈诺音乐天后赛琳娜。海报下面摆着瓜达卢佩圣母的石膏像。

"这是我最爱的两个女人。"科拉松说。

---

1 Selena Quintanilla-Pérez（1971—1995），通常简称赛琳娜，美国最著名的拉丁裔女歌手之一，1995年3月31日，被自己的前任粉丝俱乐部主席尤兰达·萨尔迪瓦枪杀，终年23岁。她的生日4月16日也被德州定为"赛琳娜节"，德州甚至建有赛琳娜铜像和赛琳娜博物馆。

她总是听赛琳娜的歌，梦想着去拜访赛琳娜的坟墓。

"她葬在科珀斯克里斯蒂，这个地名的意思是'基督的身体'[1]，"科拉松说，"她就在那儿，得克萨斯州的科珀斯克里斯蒂。"

受科拉松的影响，我记住了赛琳娜的几首歌。她告诉我，赛琳娜二十三岁就被人枪杀，凶手是她的经纪人。

我最喜欢的赛琳娜的歌是《如果我曾经》，在科拉松家写作业时，她擦枪，我就在一边唱起这首歌。听我唱了没几天，她就意识到我很会唱歌，我告诉她，这是因为我妈妈从小就让我听爱情歌曲。

科拉松放下正在擦拭的步枪，走到CD机前把它关了。

"再唱一遍，珀尔小宝贝，"她说，"再唱一遍。"

在安静的房车里，我唱了这首歌。"你简直是赛琳娜转世，你怎么会唱特哈诺？你怎么能像墨西哥人那样唱歌的？"

我知道她说得太夸张了，科拉松总喜欢夸大其词，仿佛语言能够改变现实。

"我会把关于赛琳娜的事全都告诉你，"她说，"杀死她的凶器是一把点38口径的'金牛座'左轮，你还记得我昨天

---

1 科珀斯克里斯蒂，英文为Corpus Christi，即"基督的身体"（Corpse Christ）的变体。

清理的那把小一点的枪吧？跟那一把很像。"

那些天的下午，如果有人从房车外面走过，一定会看见烟雾盘旋着钻出窗缝，听见有人在里面唱歌。

雷伊却从未对我说过一句话。科拉松说他是个安静的人，从来不跟别人聊天。他也从来没有问过我在那里做什么。科拉松跟我解释说，墨西哥人不会让任何人孤独。"我们甚至有一句专门的谚语：贫穷好过独居。"她说。

每天傍晚雷伊下班回家，他都会默默地走进烟雾缭绕的房车，给自己也点起一支烟，和我们一道吞云吐雾。

第十六章

当我们清理完枪支并给它们贴好标签之后，科拉松喜欢把我打扮一番，比如帮我化妆或者涂指甲油。她还喜欢用她在沃尔玛买的假发设计一些复杂精致的发型。

我妈妈从来不问我当她和伊莱在车里卿卿我我时我在干什么，我从来没告诉她艾普尔·梅和我吵架了。罗丝也从来没告诉我妈妈她再也没见过我，这是因为自从两个警察过来搜查我们的车之后，我妈妈就再也没去医院上班，她的水桶和拖把还留在医院里，连最后一笔工资都没领。

我妈妈说她不想继续在医院工作的原因是不忍心看到那么多伤员。

"他们一批接着一批地来，似乎源源不断，不到世界末日不算完。人为什么必须上班和上学呢？也许你也应该现在就退学，待在家里。工作和学习又有什么意义呢？"

有一天，从科拉松家出来、走回"水星"的时候，我看到妈妈穿着她的薰衣草色睡袍站在"水星"的车尾，后备厢开着，和她站在一起的是个我从没见过的陌生男人，他的车就停在我们的车旁边。

我妈妈手里拿着一个长长的绿色毛毡布包，正在把在包里的银叉子和银汤匙掏出来给那个男人看，原来她想卖掉那些银餐具。

妈妈在变卖我们的财产。

几乎每天都有人来房车露营公园向雷克斯牧师和伊莱出售枪支，他们往往是背着一大包枪过来，口袋里装着满满的钞票离去。我妈妈则会拦住这些人，用几乎等同于白送的价格把我们后备厢里的东西卖给他们。

我无法阻止她。

她用卖利摩日瓷器换来的钱买了一盒麦圈、一罐花生酱和一瓶雷达杀虫剂，拿那只古董音乐盒换了两盒高洁丝棉条和一罐牛奶，用卖小提琴的钱买了一管牙膏和几只牙刷。

银餐具被她以二十五美分一件的价格贱卖出去。

"这些东西是偷来的。"我听到她对一个每天都会来公园卖枪给雷克斯牧师的男人说。

这男人瘦高个，皮肤晒成了深红色，总是穿着松松垮垮的牛仔裤，牛仔裤用皮带勉强系在屁股上。他的皮带扣特别大，中间有个洞，可以用来开啤酒瓶。

"女人，"他说，"听我说，我刚刚卖掉一支杀过熊的步枪，为什么又要拿卖枪的钱换一把小小的汤匙呢？"

"我猜是为了帮我一把。"我妈妈说。

几个星期后，所有家当被她变卖一空。

我知道，接下来我们母女俩就得站到十字路口，向那些停车等红灯的司机乞讨了。

她卖掉最后一个利摩日瓷盘的那天晚上，我们静静地躺在黑暗中，远处隐隐约约地传来枪声，每个月中总有几天会这样，今天夜里的枪声似乎近了一些。

"有人在开枪，"我说，"你醒着吗？你听见了吗？"

"是的，"妈妈回答，"有人在河边朝天上开枪，他在杀害天使。"

第十七章

接下来的那个星期五下午，教堂订购的新钢琴运到了。

透过科拉松家的房车窗户，我看到运钢琴的卡车驶过垃圾场，沿着高速公路向城镇和教堂方向移动，卡车侧面画着一架黑色的钢琴。

雷克斯牧师的梦想成真。他说让唱诗班跟着隐藏在圣坛后面的DVD播放器唱赞美诗是亵渎神灵，他真心相信，大部分上教堂的人是为了音乐才来的。

"音乐让我们更贴近上帝。"他说。

雷克斯牧师组织了筹款活动，设法说服每一个人捐出钱来给教堂购置钢琴，他用了一年多的时间完成了这个任务，买了一架1950年代制造的旧钢琴。

他说，这是上帝给我们所有人的礼物。

除了雷克斯牧师，教会里没人会弹钢琴，所以他同意亲自弹奏，为会众服务。

钢琴抵达教堂的那个星期五，一场大暴雨也从天而降。

透过科拉松家的房车窗户，我看到大雨倾盆而下，还能看到罗伯塔·杨太太的房车和诺埃尔的娃娃田。

暴雨持续了二十分钟，先是大颗的雨滴砸在地上，后来雨滴变成了冰雹。雨停的时候，一切都是白的。

科拉松和我来到外面。空气潮湿而干净，仿佛一切都被洗过。种在土里的芭比娃娃被冰雹埋了起来。

"看那边，看看垃圾场。"科拉松说。

垃圾场变成了一座白色的山脉。

那个星期天，大家都去教堂看新钢琴，连科拉松、雷伊和我妈妈都破天荒地来到这个新教教堂，就为了看一眼这件乐器，听听它的声音。

我妈妈戴着长到手腕的白手套，这是她在一个旧的塑料袋里找到的，袋子里还有她始终没穿过的长筒袜。

"女人上教堂却不戴手套是一种耻辱。"她说。

那个星期天，教堂挤满了人，我从来没在那里见过这么多人，大家都是来听钢琴演奏的。

从我们的座位上，我可以看到艾普尔·梅和她父母。自从我们吵架以来，这是我第一次在学校以外的地方见到她。她显然已经告诉鲍勃中士和罗丝我妈妈说她父亲是三K党，因为他俩没有像往常那样走过来和我们打招呼。

另外一排靠前的长椅上，依次坐着诺埃尔、罗伯塔·杨太太、科拉松和雷伊。为了出席今天的场合，科拉松特意把一头卷曲的黑色长发挽成一个小圆发髻束在头顶，前额正中留了一撮曲线优美的刘海，她还在发髻上系了一条粉色丝带，打了个蝴蝶结，一看就是在模仿赛琳娜。

伊莱和雷克斯牧师一起走进教堂。

头一次，我在这个世界上认识的所有人聚集在了同一个地方，我拉起妈妈的手，这才意识到我们已经很久没有牵手了。

看到伊莱走进来的时候，我妈妈说："噢，他来了，他来了，他来了，太好了。"

伊莱朝我们走来，坐到我妈妈身边，让她坐在我们俩中间，她把一只手搁在他的大腿上，就像抓着栏杆或者扶手，似乎这样可以让她更稳当。听见退伍伤兵们被领到教堂后排座的时候，她闭上眼睛，仿佛被拐杖和轮椅发出的有节奏的旋律催眠了。

伊莱侧过身来，低声问我："她还好吗？"

"她困了，"我说，"她要去弹钢琴，她告诉过你吗？"

伊莱把手伸进衬衫前胸口袋里拿出烟盒，手腕不小心把烟盒碰翻了，几支香烟掉了出来。他递给我一支，因为他知道我很好收买，对我的要价一清二楚，只要一根烟就能让我满足。

我把骆驼烟塞进衣袖。

礼拜开始之前，雷克斯牧师站在讲台上，宣布本次礼拜的主题是"钢琴赞美崇拜"。

"我们现在有钢琴了，"他说，"上帝真的很爱我们。"

教堂里的每一个人都鼓起了掌。

礼拜过程中，雷克斯牧师不得不频频走下讲台，坐到钢琴前演奏赞美诗，起初大家都很安静，倾身向前聆听音乐，但雷克斯牧师个人表现不佳，犯了很多错误。他不得不屡屡在弹奏之间放慢速度，趴在琴谱上寻找音符，搞得大家没法跟着伴奏唱下去。

最初的兴奋变成了安静的尴尬。教堂已然成为剧院，上演的剧目就叫《雷克斯牧师的失败》。

礼拜结束时，我和妈妈坐在原地，等待会众慢慢走出教堂，雷克斯牧师也走到外面跟大家道别。

前一天，妈妈答应我说，她会为我弹钢琴听，但她有些担心，因为她已经很多年没碰过钢琴了。

伊莱站了起来。

"你不想听我妈妈弹琴吗？"我问他。

"我知道那一定很棒，"他说，"但我还是下次再听吧，我得和雷伊说点事。"

伊莱转身走向门口。

我敢肯定，他以为我妈妈只会弹弹《玛丽有一只小羊羔》或者《三只瞎眼老鼠》这样的简单曲目。

雷克斯牧师也紧跟着伊莱快步离开教堂。

我妈妈没有回头看他们，只是闭上了眼睛，几分钟后，她问："大家都走了吗？"

"差不多都走了。"我说。

我们站起来，沿着过道走向钢琴。因为个子太矮，妈妈把琴凳向前拉了拉，这样她的脚才能够到踏板。

一切就位之后，她慢慢地摘下手套，交给我拿好，我把它们塞进衣袋里。

我妈妈坐在钢琴前面，圣坛上方的小聚光灯照亮了她的金发，她把手指搁在黑色和白色的琴键上。她的两只手星星点点地布满了细小的雀斑，指尖涂了月亮蓝色的指甲油，钢琴老师送她的蓝色蛋白石戒指与她指甲的闪光相互映衬，犹如彼此辉映的群星。

我妈妈抬起双手，缓缓落向钢琴，弹出第一段和弦。

那些还没离开教堂的人蓦然停步，几个受伤的老兵还坐在后排，听到音乐，他们闭上了眼睛。几乎已经跨出教堂大门的艾普尔·梅原地站住听了起来，那些还没有走远的人听到几个音符之后又都走了回来，静静地听着。

想让时间静止，只需要一段和弦。

我妈妈弹奏了拉赫玛尼诺夫[1]的《C小调第二钢琴协奏曲》，作品18号。我在收音机里听过几次，在汽车仪表板上弹琴时，她曾经多次跟着哼唱。

教堂里，我妈妈小小的手掌完全打开，跨越了完整的八度。

她低着头，音乐从她的身上流淌出来，双手在整件乐器之上飞翔、降落、俯冲、飘移。

随着她的演奏，阴郁而美丽的俄罗斯暗影般降临，笼罩了佛罗里达，把阳光之州变成了全世界最悲伤的地方。

1　谢尔盖·瓦西里耶维奇·拉赫玛尼诺夫（1873—1943），出生于俄国，20世纪最伟大的钢琴家之一。他的作品俄国色彩浓厚，充满激情，旋律优美，以高难度见称。

第十八章

星期一早晨，我妈妈在教堂弹钢琴的第二天，我们在车上聊了一会儿才起床。

躺在"水星"车里，我们听得到外面的蟋蟀和鸟儿的鸣唱，混合着卡车和汽车在高速公路上穿行的声音。

妈妈说："我以前很注意保护自己的手，现在却忘了，以前我连锤子和钉子都不碰，从来不开罐头，总是担心手指被门夹住或者被厨房里的刀划伤。"

"我们今天晚些时候可以再去教堂吗？等我放学之后？"我问，"我还想听你弹琴。"

"现在我竟然把自己的手当成了毫无价值的东西。"妈妈说。

"我们今天下午去教堂，等我放学回来。"

"好的，天黑之前就去。"

然而夜幕并不曾降临，因为那一天根本没有夜晚，太阳永远不会停止燃烧。

诺埃尔告诉了我事情的经过。

当时她出门晾衣服，她家的房车和一棵树之间拉了一根短短的晾衣绳。

她听到了声音，看到了全过程。

"其实，你永远都不会知道，哪一天是你的最后一天。"她说。

她告诉我，我去上学后，我妈妈走出"水星"车，穿过访客停车场，越过大门，走进房车公园。

有个年轻人一直坐在休闲区的破塑料秋千上，轻轻地来回摇摆，他一头卷发，蓝色眼睛，穿一件厚厚的黑色毛衣，右手拿着一把枪，伊莱站在他旁边，两个人正在说话。诺埃尔听不见他们说了什么。

就在我妈妈赤着脚朝公园的洗手间走的时候，年轻人拔出枪，几步跨到她身边。

诺埃尔说，伊莱叫了我妈妈一声。

我妈妈停下脚步，这才看见年轻人手里的枪。

年轻人和我妈妈走到了离她足够近的地方，所以接下来她听到了两人的全部对话。

　　"女士，你为什么穿着睡袍？"年轻人问。

　　"我刚起床。"

　　"你穿着睡衣跑来跑去？"

　　"我住在这里。"我妈妈说。

　　"你为什么不穿鞋？"

　　"天气很暖和。"

　　年轻人举起枪，对准我妈妈。

　　"你要开枪打我。"她说。

　　"是的。"

　　"我就知道会发生这种事。"我妈妈说。

　　"是的，"他说，"现在我要来做这件事。"

　　我知道，在他准备开火的那个瞬间，我妈妈的爱心一下子被点燃了。

　　她知道这个年轻人曾经搭便车穿越美国，从加州直到佛罗里达，为了看看爱是否存在于美国。

　　我妈妈能从他的身体里看到电动火车、玩具卡车、万圣节糖果和玩具枪，甚至还有用来杀死小鸟的BB枪。

　　她感受到了他肩膀上的晒伤。

我妈妈知道,这个年轻人需要的只是爱。他需要一个女孩拉起他的手,把他拉到她的床上。

爱在美国并不存在。

我妈妈径直朝着开火的枪口走去,仿佛在佛罗里达的七月炎夏走进凉爽的喷泉:淋湿我吧,淋湿我吧,向我开枪,向我开枪,淋湿我吧,向我开枪。

—— PART 2 ——
第二部分

我以前从不知道，另一个人的身体会让我觉得受到了保护。他就像羊毛和兽皮、苹果皮和橘子皮、鸡蛋壳、豆荚和树皮，还有绷带。

第十九章

"别回来先生"回来了。

听诺埃尔讲完整个故事，我立刻明白了妈妈在被枪杀那一刻的所思所想。罗丝口中我妈妈的"同情泛滥症"，就是她留给我的遗产，和她对厨房燃气泄漏的恐惧一道遗传给了我。

诺埃尔是在来学校接我的路上给我讲述这一切的，除了在教堂里，我以前从没在房车公园以外的地方见过她。

我妈妈去世那天，我走出校门，诺埃尔陪着我往回走，她走起路来就像踮着脚尖的芭比娃娃。

"你不能一个人回家。"诺埃尔说。

"为什么？"

"沉默也是一种发表意见的方式，"她说，"兔子也可能害怕月亮，死神不放过每一座房子。"

"请你告诉我这是怎么回事，拜托了，说得清楚一点，不要这么含糊。"

"一个带着枪的孩子杀死了你妈妈，我全都听到看到了。"她说。

起初我很安静。

"你听见我说的话了吗？"诺埃尔说，"玛格特被枪杀了，一个孩子用枪杀了你妈妈，珀尔，她死了。"

起初我很安静，然后我非常感激我的心脏，它竟然在我觉得它可能随时都会停跳的时候一如既往地跳动下去，它跳得如此坚定有力，无论发生了什么可怕的事，节拍丝毫不乱，让我对自己的身体和微不足道的人生涌起了留恋之情。

我们沿着高速公路往房车公园走，诺埃尔抓着我的手。我已经十四岁了，但曾经拉过我的手的人屈指可数。与我妈妈小孩般的手相比，诺埃尔的手是那么大。

有很多次，我妈妈说她希望我死在她的前面。

"要是没有我，你也会活不下去，"她解释道，"而且你会很痛苦，没有任何一首歌能描述这种痛苦。珀尔，我希望你先死。"

她说得对。我真的应该死在她前面。

"伊莱在警察局。"诺埃尔说。

"伊莱跟这件事有什么关系?"

"没关系。好吧,是他把枪卖给那孩子的,而且事情发生时他在现场。好吧,他其实也没把枪真的卖掉,而是做了个交易,那孩子用他的皮带跟伊莱换枪。警察过来把他带走时,伊莱还系着那条皮带。它很漂亮,皮带扣是银色的,中间刻着一只金鹰。"

"别回来先生"离开我们之后,我妈妈始终想念他,觉得自己辜负了他。

无论伊莱去到哪里,他都会将双手高高举过头顶,仿佛偷走了所有人的好运气。他永远不会把自己的口袋翻出来给别人看。我知道有首歌就是这么唱的。

"对不起,"诺埃尔说,"我以前就应该多关心你们的,现在已经晚了。谁知道你接下来会过上什么样的日子。我们总是事后才懊悔自己当初没有更善良一些。我原本可以经常为你们烤蛋糕,送到你们的车里,或者请你们到我家的浴室洗澡的。我以前竟然从来没有想到这些。我应该给你一些我的娃娃,我真的没意识到你和玛格特是如此重要。"

我始终保持安静,听着自己的心跳,它若无其事地跳着,仿佛今天不过是又一个平凡的日子。

"对不起，"诺埃尔重复道，"我什么都看到了。你妈妈想伸出手来阻止那些子弹。"

我看着诺埃尔，在她衬衫开口的地方，在她的乳房之间，躺着一只死燕子。

"水星"车里坐了个穿蓝色套装的年轻女人，她是从儿童保护中心来的，正在等我。副驾驶一侧的车门大敞着，她坐在副驾低头填表格，甚至都不知道自己坐在了我的卧室里。

诺埃尔和我走近时，女人从车上下来。

她说："你一定是珀尔了。"

我点点头。

我还是说不出话来。我一下子相信了自己之前根本不信的迷信说法：要是我说了话，一切都会变成真的。我知道话语确实会变成现实。

房车公园里非常安静。

"几乎每个人都去了警察局录口供，讲出自己看到或者听到了什么，"诺埃尔说，"警察已经找我谈过了，因为我是唯一目睹全过程的人。生活可以让你大吃一惊。"

"至于伊莱，好吧，他不能算是目击证人，"诺埃尔说，仿佛知道我的想法，"他是整件事的参与者，是他把枪给那个孩子的。要不然他们俩在秋千那边干什么？"

我没说话，但我已经把伊莱的名字放进了口袋，仿佛它是我接下来打算嚼碎的食物。

儿童保护中心的女人走向她的车，它就停在"水星"后面。女人从后排座拿出一只很大的军绿色空行李袋。

"去你车上收拾一下东西，孩子。"她说。

她打开自己的车的后备厢。

"把你的东西放在这里。"她命令道，然后钻进了驾驶座。

诺埃尔说："我帮你。"

我依然听不到有句子从我嘴里冒出来。

诺埃尔撑开行李袋，我把成包的衣服、娃娃、书和所有用超市购物袋装着的我妈妈的东西放了进去。

我还把贴在驾驶座后面的那张我画的太阳系撕下来放进了行李袋。

妈妈总是说我聪明，这一次我也不会让她失望，我把手伸到驾驶座下面，摸出伊莱给我们的那把黑色的小手枪。

我没看诺埃尔，但我知道她已经看到了那把枪，因为她说："嘿，珀尔，小心点，你最好不要带走它。"

诺埃尔是看着我长大的，但她似乎并不知道，"你最好不要"是我最喜欢的五个字。

我把伊莱的枪塞进行李袋的最里面，然后把我从垃圾场里发现的东西放进去。

将所有东西从车里取出后，我只剩一件事情需要做。我拉开后备厢的开关，走到敞开后盖的后备厢前面往里看，里面的宝贝全都不见了，我看着那个曾经装着银餐具、利摩日瓷盘、水晶酒杯、小提琴、中国象牙船和丝绸珠宝袋，现在变得空荡荡的地方。

唯一剩下的就是那个捆着黄缎带、外面衬着生丝的长盒子，虽然没法把它塞进行李袋，我还是带走了它。

我关上后备厢，绕着"水星"走了一圈，确保所有的车窗都摇上去了，然后关了车门。

我把钥匙留在了点火开关里，我们一直把车钥匙插在里面，却从来不曾转动它、开车到什么地方去。这辆车已经在此地停放了接近十五个年头。

"你收拾好了吗？"女人放下车窗对我说，"时间不早了，我们走吧，快上车。"

诺埃尔领着我走到副驾驶的那一侧，打开车门。

"你知道，珀尔，"诺埃尔说，"我们都喜欢你妈妈，虽然她和我们永远不是一类人。我记得我妈妈也曾经说过这样的话。"

我点点头。

"你的人生还很长很长，"诺埃尔说，给了我一块三叉戟口香糖。"给你，拿着，"她说，"我身上只带了这个。"

我把口香糖放进嘴里，上了车，关上门。

我举起手掌在窗玻璃上按了一下，诺埃尔在外面也做了同样的动作。

假如艾普尔·梅没和我闹翻而且也在现场的话，她一定会说："那个诺埃尔其实在想着伊莱，她以为自己现在有机会接近他了，因为你妈妈死了。明天早晨她就会给他送饼干，还会喷香水，让他靠在她肩膀上哭。"

儿童保护中心的女人转动车钥匙，发动机转起来，空调里吹出来凉飕飕的冷风，我嘴里的冬青口味口香糖尝起来就像松果。

"我怕热，希望你别介意。"女人说。

她把车倒出访客停车场，在"欢迎来到印第安水域房车公园"的牌子下面转了个弯，向右拐上了高速公路。

我本想在离开房车公园的那一刻转头向后看，但我没这么做。因为没人跟我们挥手告别。

在车里，女人说："我告诉所有被我接走的孩子，请不要在你们摔倒或者磕破膝盖什么的时候给我打电话，我只是个社工，你们只是我的客户，我不是你们的亲戚，不是你们的阿姨或者玛丽·波平斯[1]。我的工作是送你们去寄养家庭。听着，只有在紧急情况下才能打电话给我。系上你的安全带。"

我没回应，只是默默地扣好安全带，看向窗外，嚼着诺埃尔给我的口香糖。

"你肯定想知道你能不能看看你妈妈，我接走的每个孩子都有这样的打算，因为他们不相信死亡。所以，听清楚，这是不可能的。没人会让你看她，孩子。她全身都是洞。不，我没看过她，没有，我只是听别人说的。其中一个警察说，你妈妈全身都是洞。"

我没回应。

"你怎么这么安静？嗯？你聋了吗？你不仅长得怪模怪样，还是个哑巴？你难道不为你妈妈伤心吗？你脸上怎么连一滴眼泪都没有？"

我没回应。

"好吧，既然你不打算说话，那就读点东西。这是你的档案，自己看看吧，你需要知道的一切都在里面。"

女人一手把着方向盘，另一只手伸到后座，递给我几张

1　电影《欢乐满人间》中的魔法保姆。

订在一起、装在黄色文件夹里的纸，然后便开车载着我，远离了我的汽车之家、垃圾场、秋千和那条被枪杀的小河。

儿童保护中心的社工打开收音机，带我驶离了我的童年。

如果这时候我妈妈也在后排座，她一定会说："你以为遇到了不好的事情就像是身体挨了一针那么简单，认为情况不会变得更糟，你现在得救了。可悲剧不是治病的药，你可以吞下一片或者喝掉一勺，悲剧总会在你意想不到的时候踢得你爬不起来。"

这一次再也不是假装，这一次我真的离开了房车露营公园，沿着高速公路向萨拉索塔的方向行进。我们在第一组交通灯下开上左边的匝道，然后向左转，再在斜坡上向右转，穿过一排棕榈树，经过沃尔玛。我的眼睛追随着沥青路面中央的白线，这条长长的白线起源于尼亚加拉瀑布的一条河流，一直奔向墨西哥湾。

假如我妈妈也在车上，她会说："快点开，让我们吃一张超速罚单，用力踩刹车，留一条大黑印。"

我的脑子就像一本满是问号的语法书。谁杀了她？为什么？怎么会发生这种事？我现在要去哪里？还有谁会关心我？我会见到我妈妈吗？我以后住在哪里？我还能再见到艾普尔·梅和科拉松吗？伊莱在哪儿？他们会不会找到我妈妈的

157

家人？我会去哪里上学？谁会成为我的监护人？

我翻开膝头的文件，读了我的档案中的一小部分，那是一份警方报告的复印件，几个小时之前刚刚提交，原来我出门上学几分钟后我妈妈就遇害了，她死了七个小时之后我才知道消息，那七个小时里，我依然以为她还活在世上，还在想着我。

我读完了全部档案。

第一页是警方的报告：

年近三十的白人女子在"印第安水域房车露营公园"入口处身中二十多枪，没有检测到脉搏，暂时没有目击者出面作证，但几位居民表示，他们在早上八点十五分听到了至少二十声枪响。罗丝·史密斯和她丈夫鲍勃·史密斯中士说，他们没把枪声当回事，因为那一带经常能听到枪声，人们喜欢射击河里的短吻鳄。罗丝·史密斯说被害人是玛格特·弗朗斯，弗朗斯和她的女儿珀尔无家可归，住在一辆福特"水星"汽车里，汽车停在房车露营公园的外面。同为本地居民的科拉松·路兹及其丈夫雷伊·路兹表示当时他们不在家。牧师雷克斯·伍

德也居住在房车公园，他说自己什么都没听见。有
人发现枪手死在被害人旁边的地上。他的驾驶执照
是由加利福尼亚州颁发的，上面显示其姓名为保
罗·卢克·马修斯，男性，白人，蓝色眼睛，身高六
英尺[1]。马修斯前往露营公园的目的疑似出售枪支，
响应当地教会"反暴力回购枪支"的活动。据玛格
特·弗朗斯的邻居指认，马修斯枪杀了被害人，然
后自杀。为了保护犯罪现场，那里已经用警示带围
了起来。

我妈妈被他杀死了二十次。

我读报告的时候，车里的收音机播放起了劳拉·奈罗的
歌《婚礼钟声令我哀伤》。这是我妈妈最喜欢的歌之一。

我的档案的第二页只有一句话：被害人的唯一亲属是其
女儿珀尔·弗朗斯。

仿佛我的人生只有这一句话那么长。

我合起文件夹，看着窗外。

我从嘴里拿出诺埃尔的口香糖，粘到座位底下，我的手

---

1 英制长度单位，1英尺约等于30.48厘米。

指在那里摸到了好多个圆形的凸起，看来这个社工的车座底下是孩子们的口香糖坟墓。

女人调高歌曲的音量，她显然希望收音机的声音能够盖过谈话声，这样就不用和我说话，我敢肯定，她一定受够了和弃儿们说话。

劳拉·奈罗的声音充满整个车厢，没有给其他声音留下任何见缝插针的空间。

我们开着车远离了房车公园、福特"水星"、艾普尔·梅和诺埃尔，天上下起了毛毛雨。我感觉到那片扭曲的土地正向我鞠躬致敬。闪电破开云层，短暂照亮车内，树木倾斜，高速公路抬升，连佛罗里达正午的太阳都离我的旋转轨道更近了。

雨滴打在车窗上，我听到了妈妈的声音，它像一首歌那样填满我的心。她说："小女孩失去了她的妈妈，当她的妈妈甘愿变成陌生人练枪的靶子时，连坠落的雨滴都会显得仁慈无比。"

第二十章

寄养中心是位于萨拉索塔郊区的一栋两层楼的大房子，房子外面环绕着花园。

我们即将抵达寄养中心时，社工关掉收音机，告诉我这座房子属于大卫·布罗德斯基先生。几十年来，他和妻子（几年前刚刚去世）收养了许多孩子。布罗德斯基先生愿意暂时照顾因紧急情况而无人监护的儿童，直到找到更为持续而稳妥的解决方案为止。

"原先的规矩已经被彻底破坏了，"社工说，"通常情况下，没人会让孩子和一个老人住在一起，我们更喜欢让他们和一家人共同生活，可现在没有家庭愿意收养孩子。所以你还能怎么办？乞丐没法挑三拣四，是不是？我说得对吗？"

她关掉发动机。

"布罗德斯基先生认为枪击案也属于紧急情况，因为我们很难为监护人被枪杀的孩子迅速找到寄养家庭。"社工说，"现在这里已经住了两个这样的孩子，我们叫你们枪击案儿童，因为你们的家长遭到了枪杀。"

社工敞开车门，倾身打开后备厢的开关。

"听着，"她说，"你待在这里的时候，儿童保护中心和警察会继续调查，看看能不能找到你的其他亲属并且联系上他们。但他们没能在你的车里找到和你家的亲戚有关的东西，你确定自己不认识别的亲人了吗？比方说姑妈或者表亲？你家还有什么人吗？一定还有别的人。"

我摇了摇头。

"我从来都理解不了，为什么你们这种家庭里只有两个人！一个家怎么能这么小？你的父亲呢？我看到的档案里全都是妈妈带着孩子的单亲家庭，只有两个人！"

我没回应。我只知道自己那个当老师的父亲现在可能正把其他子女抱在怀里，而我连他的名字都不知道。

"总有一天你会想起来应该怎么说话。"社工说，"来吧，打开门，快点，下车，快，动起来，我今天还有四个孩子要处理。"

当花园里的温暖空气包裹住我的身体的时候，我感激万分，庆幸自己离开了那辆如同北极般寒冷的汽车。我妈妈死了，而我却还能对别的什么事心怀感激。

社工从后备厢里拿出那个行李袋，丢在地上。她的动作很熟练，显然已经做过几十次了。

"这个盒子是什么？"她拿起那个长盒子，把它搁在行李袋上面，"看上去很漂亮。"

布罗德斯基先生走出家门迎接我们。他身材瘦高，有一头浓密卷曲的白发，戴着一副黑色窄框圆形眼镜。

"很高兴见到你。"他说。

"你瞧，这个枪击案儿童不会说话。"社工说，"哪怕你能从她嘴里撬出一个字来，也算你走运。"

对她来说，把一个孩子扔在这里就像把一袋脏衣服扔给洗衣店那么简单，我知道我就像一袋脏衣服。

"我得赶紧走。"她说，然后就匆匆忙忙地回车上去了。

我惊讶地意识到自己竟然不想让她离开。经过刚才短暂的一路同行，她似乎变成了我唯一认识的人。

布罗德斯基先生跪下来，和我面对面。

我听到社工在我身后发动汽车离开了，她是我和房车露营公园之间的唯一联系，是我的福特"水星"和这个寄养中心之间的桥梁，是知道我的归属之地的最后一个人。

布罗德斯基先生说："我见过各种各样的孩子。你叫珀尔，这个名字很好听。在这座房子里住过的孩子也有着形形色色的名字。我希望你是一个温柔的人，因为我自己就是。我知道你为什么到这里来，为此我很遗憾，真的，非常非常遗憾。"

现在我意识到，从此以后，人们会频频对我说起"遗憾"二字，我一辈子都会对这两个字避之唯恐不及。

布罗德斯基先生把那只长长的盒子夹在胳膊底下，提起了行李袋，他身强力壮，拿着这些东西显得很轻松。

"我们进去吧。"他说，"我带你去你的房间。"

我跟着他走进房子。

"你还需要知道，还有另外两个孩子住在这里，八岁的海伦和十七岁的利奥，他们现在都在学校。你暂时不必去上学，"布罗德斯基先生继续说，"因为你只在这里待几个星期，等他们帮你找到一个更永久的家。"

卧室的天花板很高，四面都是白粉墙，墙上有一扇大窗户，挂着白色蕾丝窗帘，可以俯瞰花园的前半部分和游戏屋。房间里有一个抽屉柜、一张盖着白色床罩的床、一套桌椅，地板上铺着深蓝色的圆形地毯，还有一个壁橱，橱门没关，里面空空荡荡，只挂了一排粉红缎面衬里的衣架。墙上挂着一幅画，画的是繁星点缀的夜空。

房间里有一股新刷的油漆味，一切都干净而崭新，似乎不曾有人在这里住过。

我知道，布罗德斯基先生离开后，我做的第一件事会是躺在床上。如果你是在小汽车里长大的，肯定会梦想着躺在真正的床上。我还打算去浴室冲个澡。

布罗德斯基先生把盒子和行李袋放在覆盖着白色蕾丝床罩的床上。

"这个漂亮的盒子是干什么用的？"他问。

我从门口走到床边，把手放在盒子上面，看着布罗德斯基先生友善的脸。

我知道自己接下来说出的几个字将会成为我新生活的开场白。

"早已远去，"我说，"不复存在。"

布罗德斯基先生没说话。他当然不会知道，我妈妈现在正在我身体里唱那首《远去》，仿佛那是她葬礼的背景乐。

"这里面装着一件婚纱。"我说，"我外婆的婚纱。"

"噢，我明白了。"布罗德斯基先生说。

"我妈妈总是梦想着有一天能穿上它。"我说，"不过那只是个梦。她也梦想着我能穿上它。"

布罗德斯基先生沉默了几秒钟，低头看着摆在我们之间的盒子。

我深吸了一口气。这似乎是几个小时以来我的第一次呼吸，从诺埃尔去学校接我的时候开始。

"嗯，梦有时候比现实要好。"布罗德斯基先生说。

"是的。"

"虽然她再也不能穿上它，但她曾经梦见自己穿上了它。"

"是的。"我说。

当布罗德斯基先生说"梦比现实要好"的时候，我意识到他和我们是一类人。假如他到我们的车里做客，我妈妈和我会为他准备一席之地，她会给他几个塑料袋装他的东西。我们会打开车门问他："你什么时候搬进来？"

我妈妈没给我买过多少东西，也没留下什么遗产，但她让我记住了她说过的许多话和唱过的许多歌。我是一本百科全书，记录了她所有的喋喋不休和她作为年轻妈妈的憧憬和期待。我会从A到Z复述她的话，她的元音和辅音将永远永远和我一起歌唱。

和我妈妈一样，我透过布罗德斯基先生的脸看进了他的身体里面，那一刻，我很想跑出去买一块创可贴，裹住他内心的伤口。

第二十一章

伊莱的那把小黑手枪躺在两件女式衬衫之间，它是我打开行李袋后最先寻找的东西。我把它藏在我的枕头下面。

我把那些从垃圾场里捡来的东西——弹珠、一袋水银、子弹和纽扣——放到梳妆台顶部的抽屉里，我把衣服挂进衣橱，把内衣和T恤放到另一个抽屉里面。我没有多少东西。我不知道把那幅太阳系的画放在哪里，于是就把它团成一个球，丢进垃圾桶。我不再需要记住水星是离太阳最近的行星，而且正在燃烧。我早就熟知了这条知识。

我边整理自己的东西边祈祷能在里面找到一支烟，在一种狂热冲动的促使下，我翻找着每一个塑料袋和衣服口袋。假如艾普尔·梅见到这一幕，肯定会说我需要向香烟之神祈祷。

我竟然真的发现了烟，是来自科拉松和雷伊房车的红色万宝路。神奇之处在于，我不只找到一支，而是整整一包，这充分证明了香烟之神深深关心着孤苦无依的小女孩。

我走到窗前，把苍白的蕾丝窗帘拉到一边，从裤子后袋掏出我的蓝色比克打火机，点燃烟卷。

我深吸了一大口，感觉内心的一切都安定下来，我的血液之河重新归于平静。

我望着窗外的花园，那里有高大的橡树和刚刚修剪过的草坪，还有一棵覆盖着白色大花朵的玉兰树，花瓣边缘刚开始变成棕色。树丛后面靠近街道的地方是游戏屋，木头墙壁刷着白漆，有一个小门廊和两个窗户。

我才抽了几口烟，就看到两个孩子走进花园，沿着小路来到房子的前门，一个是白人男孩，另一个是黑人女孩。透过万宝路冒出来的烟，我看到男孩穿着蓝色的牛仔短裤，浅棕色的卷发乱糟糟的，长到了肩膀，身材瘦高，迈着大步。他身边的那个小女孩蹦蹦跳跳的，似乎在极力赶上他的速度。她留着常见的非裔样式的短发，头上别了好几个黄色和橙色的发夹。

男孩很快便停下脚步，抬头看向二楼的窗户。小女孩一直闷着头向前走，过了一会儿才意识到男孩已经站住了。她顺着他视线的方向朝我这边望过来。我站在窗边，上半身探出窗外，嘴巴正像烟囱一样朝着天空喷吐烟雾。

我知道他们就是利奥和海伦，我们互相对视了片刻，然后他们继续往房子里面走，没有人朝对方挥手。

抽完手上的烟，我把烟头在窗台上碾灭，扔到了下面的花园里。

就在我考虑要不要再抽一支烟——反正也没有别的事可做——的时候，传来了敲门声。

我穿过房间，打开了门。

这是我人生中第一次体验到打开自己房间的门是什么感觉，我站在那里，转动门把手，慢慢把门敞开。住在车里的时候，因为有车窗，我们总是知道是谁在敲门。而这一次我并不知道厚重的橡木门外站着的是谁。

我敞开门，发现敲门的是利奥，他的嘴里嚼着自己的衬衣袖子。

利奥站在门框底下，凝视着我的脸。我也盯着他浅棕色的眼珠。

我妈妈在她的爱情大学里学到了什么叫作一见钟情，她说真有这种事，你会一下子爱上某个人。第一次在我房间的窗口见到利奥时，我的感觉是自己的胳膊好像断掉了，我似乎从楼梯上滚了下去，一列火车正沿着铁轨开过来。因为我很伤心，所以我知道我爱上了他。

"你有白化病吗？"利奥问，"真正的白化病？"

"没有。"

"你确定？"

"是的，我确定。"

"你从哪里来？你什么时候到的？"

利奥没有给我时间回答。与很多人一样，他对我的外貌最感兴趣。

"你知道坦桑尼亚的巫医会攻击白化病人吗？"

"不，我不知道。"

"他们认为白化的身体部位能够带来好运。所以坦桑尼亚的白化病人都得东躲西藏。"利奥说。

他有一只眼睛是弱视，眼神游移不定，很快便从我身上飘到了窗外。

"不，我不知道，我也不是白化病人，我就是我。"

利奥走进我的房间，坐在我的床上。每当开口说话时，他就把袖子从嘴里拿出来，听我说话时，他再把袖子塞回去继续嚼。就这样，他的袖子不停地在嘴里塞进塞出。

后来我发现，他所有衬衫的左边袖口都有磨损的痕迹，有的甚至被他咬出了小洞，他服用的抗癫痫药有副作用，会让人感到焦虑，所以他才喜欢咬袖子。

"你难道不觉得自己的样子有些奇怪吗？"他说。

"我不知道。"

"过来和我一起坐，"他命令道，"到这里来。"

我服从命令，坐在他旁边的床上。

"你怎么了？"他问，"你为什么到这里来？"

"我没有别的地方可去，我妈妈遭到了枪击，她被杀了。"

利奥摇了摇头。"好吧，我也是这么猜想的。"他说，"我也是个'枪击案'，海伦也是。"

假如知道我的枕头底下藏了一把枪，他会怎么想？它现在离我们近在咫尺。

"我十七岁，好吧，差不多十八了，"利奥说，"你多大？"

"我十四，差不多十五了。"

"你爸爸呢？他在哪里？"

"我没有爸爸，反正我从来没见过他。"

我们并排坐在床边，衣服靠在一起，我的袖子碰着他的袖子，我们知道我俩衣料下面的皮肤也在互相碰触。

"你知道吗？假如把全世界的子弹平均分给大家，每一个人都能得到两颗子弹。"

"不知道，你确定？"

"当然，我读到过。大家都知道。这是事实。"利奥说。

"好吧，如果这是真的，那么我妈妈身体里的子弹有很多是属于别人的。"

利奥看着我，他弱视的那一只眼的视线飘移到了我叠放在膝盖的双手上。我不知道自己该看着他的另一只眼，还是得跟着他的这只眼看向我的手。

我的衬衫继续触摸他的衬衫，我隔着棉布感受到了利奥的体温。

"你会习惯我的眼睛的，大家都已经习惯了。"他说，"我几年前应该做手术的，但没做成。和我一起住的那个人本来给我预约了，后来又取消了，再后来我就搬到了这里。"

利奥以机器人般的单调语气给我讲了他的故事，就像在背诵一张时间表。因为寄养儿童往往要把自己的故事给别人讲上数百次。

我的妈妈曾经说，有些人的生活用一本书就能写完，还有人的生活则能编出一本百科全书。按照她的逻辑，利奥的人生用一句话就能总结完毕：

利奥说，他是独生子，他妈妈杀了他父亲，然后自杀了。二二得四，四四十六。

"这是什么时候的事？"我问。

他的一只眼睛看着我的嘴，另一只看着我的左眼。

"我四岁的时候。"他说，"我不记得我父母的样子了，只知道我爸是医生，我妈是护士。我从自己的档案里看到我爸是心脏外科医生，他给人类的心脏发明了一些什么东西，好像是阀门或是支架，这意味着我年满十八岁的时候会变得很有钱。"

"你还有别的家人吗？没人领养你？"我问。

利奥摇摇头。

"我连堂表亲戚都没有，"我说，"别人至少也会有个表哥表姐什么的。"

"你想看看我的房间吗？"他问，"你喜欢听音乐吗？来吧，跟我来，你知道怎么折纸吗？"

利奥站起来，我跟着他来到他的房间，原来它就在我房间的正对面。

利奥有成箱的乐高积木、头脑风暴和机器人玩具，他组装了许多电池驱动的复杂机器人、直升机和好几枚火箭，他称其为外星人飞船或者UFO。

除了房间里的东西不同，利奥的房间装饰和我房间的一样，他还在墙上贴了两张海报，一张是日食的，另一张是爱因斯坦的大幅照片。

"珀尔，"利奥说，"如果你需要我的什么东西，可以随便拿，我不希望你缺少任何东西，缺东西的感觉很难受。我有什么东西是你想要的吗？我的就是你的。"

他直视着我的眼睛。

利奥说"我的就是你的"这句话时，他双眼的视线是一致的。

他看得出我像士兵那样极力克制自己的眼泪。

他看得出我对他的一见钟情，它像池水般清澈见底。

他知道最好不要挑战我做什么，因为我一定会去做。

我知道他不像表面看上去那么坚强，就像被胶带、胶水和订书钉拼接起来的碎片。

我妈妈教我唱过所有的情歌，它们会永远跟着我。她会说，它们是你人生的副歌。

我唱道："投降不过是一个简单的词语，我的词语。"

第二十二章

站在我身边的时候，海伦看上去比我站在房间的窗口向下看到的还要矮。我知道她八岁了，但看起来只有五岁左右。

海伦露出微笑。她闻起来像烤焦的棉花糖，我很熟悉那种味道，因为"水星"上没有炉子，更没有壁炉，我们过去常常用打火机烤棉花糖。

海伦一开口说话就停不下来。我只花了几分钟就意识到她不知道自己是谁、从哪里来。她一会儿说自己的妈妈是白人，一会儿说她是黑人；说自己有十个兄弟和十一个姐妹，在一个海滩和一座公园附近住过；上一秒说自己来自埃塞俄比亚，下一秒又改口说是芬兰；刚说过她出生在一座房子里，然后又说出生在医院；前面说她有一个双胞胎哥哥，后面改口说是一个双胞胎姐姐，最后又说自己有一对双胞胎姐姐；一会儿说自己出身天主教家庭，一会儿说来自摩门教家庭，一会儿又说她来自耶和华见证会家庭。

海伦是真正的"寄养儿童"——她在太多家庭、和太多人一起生活过，经历了太多变故。没人教她不要揭开伤口上的痂，没人教她如何用线拔下早就应该换掉的乳牙。

海伦待过的家庭里面，曾经有人只给她吃麦片，有人让她重复使用一次性的牙线和茶包，每天只许她用掉一小块手纸，还有人让她睡在走廊的地板上。

海伦经常用第三人称称呼自己，没有人纠正她。

海伦说："海伦没有枫糖浆了""海伦一直梦想着佛罗里达的圣诞节能下雪""海伦没有喝够水""海伦喜欢亲额头""有时候她想永远睡觉""她不介意怀孕""海伦冲完澡感觉好多了""她知道如果你衣服里有虫子，就把它放进微波炉，这样就能杀死虫子，连床上的虫子都能杀死"。

利奥忍受了她的喋喋不休，我也步了他的后尘，因为和她讲道理没有用，只能听之任之。

利奥说："给珀尔看看你收藏的手机。"

海伦去了她的房间，一分钟后回来了，拿着一个超市购物袋，把里面的东西倒在地板上。原来，袋子里是她收藏的至少十七部手机和充电器。

"她去过的每一个寄养家庭都会给她一部手机，告诉她要保持联系。"利奥说，"现在已经攒了很多。海伦不知道它们还能不能用，也忘了哪一部是哪家送的。我答应将来帮她整理一下。"

"是的，"海伦说，"这些手机都是海伦的家里人送的。"

"你准备拿它们怎么办？"我问。

"给她家里的人打电话什么的。对了，还要打给她的朋友露露、吉娜和罗姆尼，"海伦说，"她想给她最好的朋友打电话，和她们聊天，问她们一些问题，比如：'你喜欢猫吗？'很多人喜欢猫，它们很可爱，很软，海伦非常喜欢猫。"

"我会帮你解决这个问题，"利奥说，"首先我们得给所有的手机充电，珀尔会帮我们的。"

然后他继续把袖口塞进嘴里嚼起来，盯着缠绕在一起的充电线和充电器。

"没错，我当然会帮忙。"我说。

海伦爬到我坐的地方，紧挨着我坐下了，额头在我上臂蹭来蹭去。

"嘿，"海伦说，"你闻着像身上没有虫子的。"

我闻起来有"水星"的味道，雷达杀虫剂的气味已经渗入我的皮肤。

也许这些谈话都发生在几天之内。我记不清楚了。我只确定第一天发生了两件事：我发现了利奥；我发现自己再也不用担心烟的事了。

第一天晚餐时，布罗德斯基先生说："珀尔，你一直在吸烟吧？"

"是。"

"我能闻见。"

"是，没错。"我说，因为我从来不骗人，从小也没接受过骗人的教育。我妈妈总是说："撒谎的人永远不学好，也永远不会变好，他们从来不会停止骗人，我只听说过匿名戒酒会，没听说有匿名戒骗会。"

"你经常抽烟吗？"布罗德斯基先生问道。

"有机会就抽。"我回答。

"别担心，"布罗德斯基先生说，"如果你想要烟，我会给你的。你是个刚刚失去妈妈的小女孩，假如你需要烟，可以得到满足。"

“你喜欢什么牌子的？”他又问。

“骆驼。”

“那就骆驼吧。”他说。

我对香烟之神的信仰更坚定了。

第二十三章

在寄养家庭的第一个夜晚，我仿佛听到石头砸在我窗户上的声音，一道夜间的彩虹横跨天空，子弹代替雨滴降落，印第安人的鬼魂在花园中的树底下爬行。我吸取了教训。这就是你的枕头底下藏着一把枪的时候你会做的梦。

第二天早上，我醒来时听到利奥、海伦和布罗德斯基先生准备出门。布罗德斯基先生在帮海伦梳头发，还问她想要什么颜色的发夹。

就在昨天早晨，我还和妈妈一起在车里醒来。就在我昨天上学的时候，我还和她道了别。我离开时，她斜倚在"水星"上，穿着那件薰衣草色的睡袍，她身后的垃圾场也不再是覆盖着冰雹的白色山脉了。

妈妈对我说的最后一句话是："你知道吗，珀尔，当我弹钢琴时，上帝就像影子一样出现在我面前。"

现在这话听起来就像是个预兆，也许每一个人的最后一句话都十分重要，因为这是他们生命的句点。

我听到布罗德斯基先生开车载着利奥和海伦离开了，就蹑手蹑脚地走出房间，开始参观整座房子。

利奥的卧室门半开着，于是我往里面看。

他的床没有整理，乱糟糟的，枕头还保留着他脑袋的形状，床单上有他身体躺过的印子。

我走过去，钻进他的被子里，把头搁在利奥枕头上的凹坑里，脸颊压在他的脸颊压过的地方。

他的体温依然留在被窝里，环绕着我，温暖着我的腿和腰，我深深地钻进被子底下，呼吸着他介于男孩与年轻男人之间的气息。

我把手伸到他的枕头底下，在凉凉的棉花枕芯和床单之间，我找到一块圆形的口香糖，硬得像鹅卵石，它躺在那里，就像一颗珍珠。我把它放进嘴里品尝，只有一点淡淡的薄荷味。

我躺在利奥的床上，假装躺在他的身体里面。

我泪流满面，因为失去了妈妈，因为一把枪杀死了她的语言，因为这事并没有写在羔羊的生命册上。

第二十四章

两天后，一位警探过来找我调查我妈妈被害的经过。

布罗德斯基先生让我们坐在他的书房里。

警探是个有着灰色卷发的黑人，浅棕色皮肤上布满了灰色的雀斑和微小的黑痣，他还有一双眼角微微下垂的浅棕色眼睛。

他笑的时候总是闭着嘴巴，似乎不打算向一个害怕的女孩露出牙齿。

"你失去了妈妈，我很遗憾。"他说。我知道他以前说过很多次这种话，因为它就像一句你烂熟于心的祷词。

"很遗憾你失去了妈妈。"他又说了一遍，"你知道，我们非常想知道究竟发生了什么，你不介意和我谈谈吧？"

“是，”我回答，“我不介意，社工说过你会来。”

“没错，”他说，“那么，你认识那个对你妈妈开枪的孩子吗？”

“是的。”

“你确定？”

“是的。”

警探从他搁在我们之间的咖啡桌上的一份文件中抽出一张照片。

“我很抱歉，”他说，“你能看一眼，确认一下是不是这个人吗？”

我看向“别回来先生”的照片，那是一张高中毕业照，他戴着毕业帽，流苏搭在帽檐的一侧。

看着他的脸时，我想起了妈妈是怎么谈论他的。她说：“他是个小甜心，不过迷路了。”她知道他还是个爆竹，假如你稍有不慎，就会被他炸伤手指头。

“是的，”我说，“我以前见过他，他曾经在我们车里住过两晚，他是个离家出走的。”

“好的，”警探把照片放回文件里，“你能想出他杀害你妈妈的原因吗？”

“不能。”我说。

"那墨西哥人呢？"警探问。

"科拉松和雷伊？他们住在露营公园。你是说科拉松和雷伊吗？"

"是的，就是他们两个，他们可疑吗？"

"不，你是什么意思？"

"他们卖东西吗？就是海洛因，你知道吧。他们从墨西哥把海洛因带过来。"

"不，我不知道。"

"你确定？雷伊经常在公园附近出现吗？"

"不，不经常，他得常回墨西哥。"

"现在，"警探说，"我想和你谈谈伊莱·雷德蒙，就谈一分钟，你不介意吧？"

警探说出伊莱的名字时，我能听到妈妈的声音在我心里说："噢，我的宝贝，我的宝贝，有些话太锋利了，可能会把你割伤的。"

"伊莱是你妈妈的什么人？"

我仿佛听到伊莱的名字被按在磨刀石上摩擦的声音。我望向窗外的前花园，不想再看警探那双动物般和善的眼睛，像是小鹿或者兔子的眼睛。

"他是她男朋友，我猜。"

"你知道他在卖枪吗？"

"不，不知道，我听说的不是这样的。他在帮雷克斯牧师清除街上的枪，他们在买枪。"

"好吧，"警探说，"有这么一回事。"

警探伸过一只手来，搁在我肩上，分量不轻，显然用了力气。

"听着，"他说，"你妈妈被害后，我们马上找伊莱谈话了，但我们现在找不到他了。如果你见到他，或者他给你打电话，请告诉我们。"

"好的，"我说，"你们不会觉得是伊莱杀了我妈妈吧，对吗？"

"没有，当然不会。我们知道那个孩子疯了，他有妄想狂的病史，只要拿着枪就有可能做出坏事。"

警探站起来，拿出钱包，抽出一张名片递给我。

"给我打电话，"他说，"要是你想起了什么，就告诉我。我说过，对于你的不幸，我很遗憾。伊莱·雷德蒙被这个国家的五个州通缉。"

"为什么通缉他？"

"杀害一名警察，持枪抢劫，盗用身份，各种坏事。而且他的名字绝对不叫伊莱·雷德蒙，他是个骗子。"

我妈妈早就知道。记得那天，我看到她穿着鞋子坐在后排座上，说她看不到伊莱的内心，"那个人的窗玻璃需要清洗"。

第二十五章

那些天的早晨，利奥、海伦和布罗德斯基先生出门后，我会躺到利奥床上。

每天晚上，利奥都会躺在我留在床上的眼泪中入睡，那是我为被枪杀的妈妈哀哭的泪水。

每一天，我独自一人待在房子里，走来走去，打开抽屉、上下楼梯、靠在墙上，把这座房子当成一件衣服穿在身上。

我在厨房里找到半盒多米诺糖块，要是我妈妈看到它，一定会很开心。我一个早上就把这些糖全都吃了。

布罗德斯基先生先送海伦和利奥上学，然后去上班。后来我才知道他已经退休，在附近的一座犹太会堂做慈善工作。

利奥跟布罗德斯基先生一起待了两年，海伦则在他家待了六个月，这很不寻常，因为在社工们为寄养儿童找到更长远的栖身之地以前，布罗德斯基先生只为孩子们提供临时住所。利奥解释说，等几个月后布罗德斯基先生年满八十岁，我们三个就得离开他的房子，因为他的年龄太大了。

来到布罗德斯基先生家后不久的一天，我站在自己房间窗口，点燃一支骆驼烟，这时我看到一辆车开了进来，停在车道上。是那个社工的车。她抬头往二楼看，我飞快地躲到窗户后面，但她看见了我。

我把手中那支点燃的烟丢到床头的水杯里，站在窗边。那辆车的车门打开又关上，我听到她的脚步越来越近，正往房子这边走来。

她按响了门铃。

我要被送到另一座房子里了。我知道。我想躲进床底，我想逃跑，我想把自己锁在房间里。

利奥和海伦说，作为寄养儿童，最糟糕的莫过于从一座房子搬到另一座，从一所学校转到另一所。

海伦说："搬来搬去的时候，你会发现自己没有妈咪，不知道该穿什么衣服，那些孩子要么都穿着和你一样的T恤，要么你会觉得他们的衣服是你的，但你不知道这是不是真的，因为没有妈咪告诉你。有个小女孩，她总是挠我，她抢走了我的毛衣，说那是她的毛衣，但没有妈咪告诉她，这是海伦的毛衣。"

利奥曾经待过的一个寄养家庭里有个比他大的男孩，那孩子总是打他。利奥以前常常把好几条毛巾塞到裤腰里和袖子里垫着，以防被他打得太疼。

利奥说："如果寄养的小孩生病发烧了，没人会来摸你的头试试有多热，他们只会塞给你一支温度计。"

布罗德斯基先生是他们遇到过的最好的养父。海伦说，利奥咬他的袖子是因为他担心离开布罗德斯基先生。利奥说，海伦整天前摇后晃，是因为她不想离开这个家。他们比兄妹还要互相了解。

跟利奥和海伦共度过一段时光，听他们讲了各自的故事之后，我发誓，假如有人打算把我送到别的房子，我会在此之前找机会逃走。

社工再次按响门铃。

我走下楼梯，打开门。

那个社工穿着和上周一样的套装。

花园的味道顺着开启的前门飘进来，有玉兰、玫瑰和草叶上的露水的香气。

社工手里拿着一个盒子，腋下夹着一个黄色的牛皮纸信封。

"看样子，最近这些天，你终于开口说话了？"她问。

"是的。"

"你和别的'枪击案'相处得不错？"

"是的。"

"布罗德斯基先生知道你抽烟吗？你从哪里弄的烟？我得把这事报告上去。"

"不，他不知道，"我回答，"这些烟是我自己的，我随身带过来的。"

"好吧，我会写在报告里。你会把这座房子烧了的。"

"我不抽了。"我说，"我保证。"

"瘾君子总是这么说，你知道有多少像你这样的孩子跟我保证他们不再吸大麻和海洛因了吗？嗯？你能保证什么？你觉得我会相信你吗？我会打报告的。你抽烟是违法的。"

"我不抽了，"我重复道，"我保证。"

"听着，"她说，"也许你不该急着拆行李包，我听说一个月之内你就会被转到别家去，我看过文件了，所以，你可不要在这里待得太自在。"

我没回应。

"还有，拿着，"社工说，"这是你的，他们让我把这些东西给你，拿着。"

她把手里的盒子塞给我。

"不，"我说，"你弄错了，这个盒子不是我的。我以前从没见过它。"

"这也是给你的，"她说，把黄色牛皮纸信封搁在走廊的桌子上，"这是法医的报告，警察说让我把这些东西转交给你。"

"这是什么？"我又问了一遍。

"听着，珀尔，"她说，"我得走了，我会和你保持联系，对于这件事我很抱歉，我觉得警察犯了个错误，你还没满十八岁，不应该接触这些东西，但我没资格和警察争辩，只能照办，你还是别问我了。"

我低头看着盒子。

"盒子里面有你妈妈的骨灰，小心拿好。"她说。

我没说话。

她跨出走廊，关上了前门，花园里的甜美味道随着她的脚步声一起消失了。

假如诺埃尔在这里，她会说："福无双至，祸不单行。"

假如艾普尔·梅在这里，她会说："我们还是把这些东西扔进河里吧，你不能带着那个盒子环游世界。"

假如我妈妈在这里，她会说："去做个梦，假装我还活着，打个盹儿吧，我的宝贝女儿。"

牛皮纸信封里有钢琴老师罗德里戈先生送给我妈妈的蛋白石小戒指，我把它和古巴人的各种迷信戴在了手指头上。

信封里还有子弹。

法医和警察把二十颗子弹交给了我，仿佛它们属于我妈妈，就因为那是在她身体里发现的，仿佛它们是珠宝，是她留给我的遗产。

第二十六章

就在我来到这里的几个星期之前，布罗德斯基先生打算带海伦和利奥去参观一个位于萨拉索塔的马戏团博物馆，那儿距离他的家只有一个小时的车程。布罗德斯基先生说我不是非去不可，但欢迎我和他们一起去。

"你必须去。"利奥说，于是我去了。

利奥坐在布罗德斯基先生旁边的前排座位上，我跟海伦一起坐在后排，海伦全程没有关上话匣子。

"我们为什么喜欢问问题？"海伦说，"这很简单，难道你不想知道风筝为什么会飞吗？还有色彩里包不包括黑色和白色？人类提出的第一个问题是什么？是谁想出来的？还有这个呢，有人在晚上听到过自己房间外面有脚步声，然后发现那只是你自己的心跳吗？谁会把心跳和脚步声弄混呢？"

布罗德斯基先生、利奥和我就任由她这么说下去，反正海伦从来不会找人和她对话。

"林林马戏博物馆"像一座巨大的粉红色宫殿，是由林林兄弟[1]的其中之一建造的，他们的财富来自马戏生意。这座建筑仿造了维也纳的一座宫殿，其中同样收藏着海量的艺术品。

在博物馆里，利奥、海伦和我走在一起，看着那些小丑车、马车和女模特踩高跷、脑袋碰到天花板的模型，还有能把人当炮弹发射到空中的大炮以及马戏团的服装。

此外还有一座微缩马戏团的大模型，由上千个部件构成，重现了马戏团乘火车到全国各地巡演的真实场景。这座微缩模型摆放在铺着绿色毛毡的陈列桌上，纤毫毕现，无所不包，连医疗帐篷和理发帐篷都有，还有通了电的摩天轮和旋转木马的模型，启动开关后转个不停。海伦对这个最着迷，因为模型和娃娃屋的比例差不多，甚至还有各种人物和动物。

利奥始终走在我旁边，因为我们都喜欢和自己的心上人走在一起，永远不厌烦。

1　世界三大马戏团之一"林林马戏团"的创始人。

利奥对马戏团一些怪异夸张的演出海报最感兴趣，据说这些演出都是马戏团为了吸引观众而推出的免费节目，又叫"怪胎秀"，在"令人震惊"和"令人惊叹"之类的大标题下，是"青蛙男""鸟女士""胡子女人"和号称"人体躯干"的没有四肢的男人的画像。所谓的"鸵鸟人"是一个能吞下各种东西的男人，包括灯泡和刀子。"人体针垫"是个节目，表演者把帽针、烤肉钎子和缝衣针刺进自己的身体。

利奥被"吞剑人"迷住了，"吞剑人"不仅能吞下剑，还能吞苍蝇拍、霓虹灯管、步枪枪管和大衣架。

一面墙上贴了张连体双胞胎的海报。我停下来，盯着照片里的两个名叫"张"和"恩"的连体人看。

"我见过真正的连体双胞胎，"我对利奥说，"是一对短吻鳄，它们是在我家附近的河滩上出生的。"

看着胸部连在一起的张和恩的亚洲面孔，我想起妈妈和我手拉着手走在河边，去看短吻鳄宝宝的那一天，随同回忆而来的还有当天垃圾场的气味，以及住在河边的蓝蜻蜓和黄蜻蜓组成的云雾。我有些庆幸妈妈没有机会来到这里，因为我知道她看穿人的痛苦的能力会让她在看到"怪胎秀"的海报时伤心难过，而继承了这个特点的我只能闭着眼睛站在"怪胎秀"的每张海报前。

"你为什么不看？"利奥问。

他依然不能完全了解我。

布罗德斯基先生喜欢一幅《拇指将军汤姆》[1]原画的复制品，画的是他和妻子在伦敦的一个招待会上，两人站在桌前，穿着燕尾服和晚礼服，好像一对调料瓶。

在博物馆商店里还有这幅画的明信片出售。

"孩子们，你们想要明信片吗？"他问。

布罗德斯基先生这样问我们三个时，我们觉得自己就像是一家人，"孩子们"三个字像一条毯子那样把我们包裹起来。

布罗德斯基先生会时不时地说一些让我想要牢牢记住的重要的话，但话的开头总是"孩子们"三个字。

有一次他在晚餐时说："孩子们，死亡是个未知之地，但你们应该知道，地球也是个未知之地。"

"我们当然知道，布罗德斯基先生，"海伦说，"每个人都知道，这又不是什么新想法。"

从马戏博物馆回家的路上，我们安静地坐在车里。利奥、海伦和我刚刚结束了一次周末的郊游。我们坐在回家的车

1　19世纪的超级侏儒明星，妻子也是侏儒。

里，家里有丰盛的汉堡包大餐等着我们，还有蛋筒冰激凌。当天晚上，我们还会躺在真正的卧室里，睡在真正的床上，盖着白色的棉被单。

回家的路上，利奥、海伦和我安静地坐在车里，因为我们正身处童年的完美梦境之中，梦里有一起玩的伙伴，充满了安全感。

那天下午，我们的梦变成了现实，我们知道梦境与现实总有交会的一天。

第二十七章

我选中了玉兰树下的那一小块土地。

"我只知道怎样操持犹太式的葬礼,"布罗德斯基先生说,"就是Chesed Shel Emet[1],这个仪式让你向你妈妈表达最后的善意。"

布罗德斯基先生给我两把小铲子和一把小耙子,让利奥、海伦和我到花园去挖一个深度和直径足够容纳骨灰盒的坑。

"珀尔,"布罗德斯基先生说,"埋葬一个人是最伟大的爱的举动。"

---

1 希伯来语的英语音译,意为"真正的美德"。

我们三个人走进花园。深蓝色的天空中有着一条条飞机留下的白色尾迹，好像白色的丝带在我们头顶若隐若现。

我们跪在玉兰树周围，我把耙子交给海伦，把铲子递给利奥。

"你们两个开始吧。"我说。

"我觉得这里是个好地方，"海伦说，"你永远都知道她在哪里。"

海伦不知道她的父母和两个兄弟姐妹埋在哪里，一个躲在公园里随意对人开枪的家伙狙杀了她的全家。"这件事都上了新闻。"利奥告诉我。他读过这件事的完整报道，那个狙击手带了好多支枪，在被警察击毙之前，他杀害了十四个人。

海伦没被击中，因为她当时躺在婴儿车里，自此之后，她就在多个寄养家庭之间辗转流离。她说自己的家人来自迈阿密，还坚持认为自己记得他们，知道他们长什么样，但利奥和我明白这是不可能的。等到年满十八岁，海伦就能取回家人的遗物，但愿那些东西里面有他们的照片。

利奥和海伦开始挖坑。

"你妈妈是什么样的人？"海伦问，小手握着耙子，把我妈妈坟顶上的那一层草泥刮去。

我躺在玉兰树旁的草地上，抬头看着天空和飞机留下的航迹。

"她就是一个普通的妈妈。再也不会有人理解我了。"我说。

"从来没有人理解过我，"海伦说，"她漂亮吗？"

"她会弹钢琴，她知道怎么说法语。"

"她长得像你吗？"

"有一点点像我，但没我这么苍白。"

"你认识杀死她的那个男人吗？"

"不，不认识。"

我不打算告诉海伦"别回来先生"是什么样的人，于是拿起了铲子。

"那么，那个'寄养'是什么意思？"海伦问。

她永远不会停止说话。

"寄养之家？"她念叨，"寄养中心？什么是寄养？这是个什么词？它的意思是什么？我不懂。"

过了一会儿，布罗德斯基先生来到外面，披着一块披肩，手里捧着我妈妈的骨灰盒和一本祈祷书，还给利奥和他自己拿了两顶深蓝色的犹太小帽。

海伦、利奥和我围着花园里的小坟墓站着，布罗德斯基先生把盒子放在新挖的洞里，我们轮流往里面扔了一把泥土，与此同时，布罗德斯基先生开始大声朗读祷文。

他说："愿上帝的名依照祂的命定在世上被尊崇为圣，愿上帝在我们的有生之年以及所有以色列人的有生之年向我们揭示祂的大能——祈求上帝尽快允准我们的祷告，阿门。"

盒子埋入土中之后，海伦说我们需要买些花来种在这里。

"有什么想说的吗？"布罗德斯基先生问我。

我摇摇头，但我听到自己的心在唱歌，我妈妈的歌，生命的合唱。

葬礼结束后，海伦和布罗德斯基先生回房子里去了。他每个周末都会为海伦补习数学。布罗德斯基先生向前迈步，海伦在他旁边蹦蹦跳跳地转着圈，嘴里仍在喋喋不休。只听她问："你相信有天堂吗，布罗德斯基先生？我相信，肯定有天堂，肯定有。否则为什么会有天空呢？对吧，布罗德斯基先生？为什么？"

利奥说："我们去游戏屋吧。"

我从没对他说过"不"字。爱意味着言听计从。

游戏屋是个木头建筑，油漆成白色，有两扇窗。里面有个起居室，摆着两把儿童椅，还有个厨房区，家具是木头的。炉盘油漆成红色，看起来好像被点燃了。游戏屋还有个小浴室和一间小卧室，里面有一张小短床。厨房和浴室都有自来水。

利奥和我在小小的厨房水池里洗掉手上的泥土，把手在空气中甩干。

水池一旁有两罐金枪鱼、一条吃了一半的面包和一小罐蛋黄酱，还有两小盒玉米片。

浴室里有一把牙刷和一小管牙膏。

"有人住在这里吗？"我问利奥。

"没有。不过海伦喜欢带些东西到这边来，她觉得这间游戏屋是她的。我从来不过来。"

利奥和我躺在游戏屋里的小床上，床很小，我们没法伸直腿脚，只好蜷起膝盖。

阳光透窗而入，温暖了我们的身体。

我的头靠着利奥的胸口，隔着蓝色棉衬衫听他的心跳，衬衫上的两个塑料纽扣压在我的脸颊上。

他说："我喜欢想象太空。"

"什么意思？"我问。

"就是想着太空里的那些被人类发现的东西，宇宙大爆炸、新星系什么的。宇宙。"

"这里真暖和，"我说，"窗户开着吗？"

"没有，它们是关着的。"

我们在小屋里睡着了，躺在小窗户下面的小床上。

我梦见游戏屋飞上了天空，朝地平线飘去，把我们的悲伤留在了地上。

第二十八章

为我妈妈举行完葬礼的当天晚上，我第一次走进布罗德斯基先生的书房。他坐在桌前看报纸，桌上的电脑开着，显示屏的光照亮了布罗德斯基先生的脸。

"等我一下，"他说，"我先看完这篇文章。"

他继续读报纸，我在房间里绕了一圈，看着桌上的照片、书架和墙上挂的相框，这间书房就像个摄影博物馆。

布罗德斯基先生把报纸叠起来，抬头看着我。

"这里的照片真不少，"我说，"上面的人你都认识吗？"

"是的，他们是我的家人。有些老的住在很远的地方，比如乌克兰的敖德萨，还有几个住在柏林，我真应该把这些都扔了的。"他说，"我已经考虑一段时间了。"

"为什么？"

"老照片也有令人烦恼的地方：你知道照片里的人后来怎么样了。看到它们，就像看一部你早就知道结局的电影。"

布罗德斯基先生站起来，走到我站立的地方，拿起我正在看的照片。

"这个，"他说，"这张照片上是我父亲和我，还有新来我们家的小狗，当时我大概五岁，看到小狗很高兴，但我知道他后来不得不杀死那条狗，因为它学会了把鸡骗到角落里吃掉它们。在这张大家都很开心的照片里，当时的我们并不知道故事的结局。而现在的我早就知道了那只狗的下场。"

"我没有照片。好吧，我得去我妈妈的袋子里找找，也许能找到几张。"我说。

"你会明白的，当你看着那些开心的照片时，脑子里会浮现出后来发生的事情。"

"枪杀案？"

"是的。"

"所以说，开心的照片是不存在的？"

"没错，不存在。"

第二十九章

　　来到布罗德斯基先生家的第三个星期，我听到有人敲响了前门。我的第一个猜想是"社工来接我到另一个寄养家庭了"，每天我都害怕她会过来。

　　我正独自一人在地下室洗衣服。这是布罗德斯基先生交给我的差事，因为他喜欢住在他家里的人帮忙做点什么。

　　我喜欢坐在温暖的地下室里，看着洗衣机的圆形玻璃门，汰渍洗衣粉的溶液像一片蓝色的海洋，把我的衣服和利奥的衣服搅在一起不停旋转。我把衣服移进烘干机，但不会解开我的上衣和他的衬衣打成的结。我总是小心翼翼地叠好他的衣服，甚至会用手压一压，这样它们会更合他的身。

　　我走上楼去，敞开前门。

门外站的是科拉松。

她张开双臂，紧紧搂住我，仿佛我是她走失的小孩。

她说："我可怜的孩子，我的宝贝，小可怜。"

但我挣脱了她的怀抱，因为我不是她的孩子，我知道我不属于任何人。于我而言，除了烘干的衣服，不会有别的安慰。那些为我感到难过的人只会让我鄙视。

我关上前门，领她走进厨房。

"你怎么找到我的？"我问。她坐在早餐桌前的一把椅子上。

科拉松一如既往地精心打扮了一番，甚至戴了假睫毛，长长的假指甲涂着红色的指甲油，每个指甲的正中央画着一个完美的白点，黑发挑染着金色，唇上涂了浅粉色的唇膏。

科拉松说："宝贝，我来接你离开这个可怕的地方，这座房子，它不适合你。"

"你是怎么找到我的？"

"宝贝，我们去看看赛琳娜的坟墓，我们得走了，去给她买点花。他们杀了你妈妈，也杀了赛琳娜，别告诉我这是个巧合。"

科拉松越过桌子来抓我的手，但我把两只手都缩回来，塞进牛仔裤口袋。虽然我妈妈已经死了，但这并不意味着谁都可以随便抓我的手。

科拉松靠回椅背上端详我，好像在估计我的身材尺寸，打算给我买衣服，她的眼睛里仿佛有一条皮尺。

她说："珀尔，这是枪的爱。这就是那个男的对你妈妈的感受。他买了那把枪，在遇到你妈妈之前，他不知道这枪就是给她准备的。所以你必须把这件事想象成一次牺牲。生命永远处于死亡的边缘，总有一天所有人都要死。上帝知道：我听人说话，人也听我说话；我伤害别人，别人也伤害我；我救人，人也救我。我买了去得克萨斯的车票。我们去科珀斯克里斯蒂，给赛琳娜的墓地献花。你一定要来。"

"好的。"我说。

"我就知道你不会拒绝。"

她说话的时候，我意识到自己宁愿跟她逃跑，也不想被社工带到别的寄养家庭去，这只是时间问题，我永远不会成为海伦或者利奥，也不会为了什么人上街游行。

我看着科拉松，知道自己要是跟着她走了，就不用在后来的一大串寄养家庭之间辗转了。

而危险之星，就在寄养家庭的上空闪耀。

"雷伊呢？"我问。

"那个蠢蛋雷伊，他消失了。他太懒了，懒得要死。等到他起来去摘橘子的时候，我们早就喝上橘子汁了，你知道！伊莱和雷克斯牧师——那两只耗子——你妈妈还没被人带走的时候，他们俩就跑了。她的身体还热着，几乎像活的一样，可以这么说。嗯，打个不那么确切的比方，就像插在花瓶里的玫瑰。"

"你是怎么找到我的？"

"听着，小珀尔，我总是说：即使雷伊今天晚上就会死，我也不会急着去找他道别。我才懒得管他，就让他自生自灭吧！"

"你是怎么找到我的？"

"诺埃尔告诉我的。社工告诉了她妈妈未来几周你会待在哪里，免得有人来找你，比如你的姑妈或者表亲。"

"你住在哪里？"我问。

"我前几天晚上和上个周末都睡在花园里的那个小游戏屋，吃金枪鱼罐头。那个男人一直没出过门，害得我直到现在才有机会来找你。"

我沉默了一会儿，看着科拉松，知道她说的都是真的。她不打算把我交给美国政府，让他们来决定我的命运。她更相信墨西哥之爱。

"也许这样比住在车里好。"我微笑道。

"我不知道你和玛格特是怎么活下来的，呃，她没有活下来。"

科拉松告诉我，房车露营公园里的每一个人都还在，除了雷克斯牧师和伊莱。她说我妈妈被杀那天，两个男人都消失了，再也没回来。

"雷克斯牧师？"我问，"他为什么要走？"

科拉松解释了原委。

"雷克斯牧师，呃，谁知道他是不是真的牧师，"她说，"反正我怀疑。他和伊莱，还有雷伊，在南得克萨斯和佛罗里达活动了很多年，往墨西哥卖枪。"

我并不惊讶，因为我的心中不再有任何惊讶，它们已经被我用完了。

她还告诉我，我离开公园两天后，"水星"就被拖出了访客停车场。

"一切都发生得很快，"科拉松说，"突然之间它就不见了。"

我很想知道他们把"水星"弄到哪里去了。

"汽车被拖走后，大家都来到你们原先停车的地方，"科拉松说，"我在那里发现了一条完整的'救生员'软糖，但我没捡走，它可能已经在那里待了十多年了。"

她的话逗得我哈哈大笑。

"那里还有一颗子弹，就在车底下的草坪上，"科拉松说，"我也没把它捡走。"

我知道那里有颗子弹，我妈妈和我一直在找它。就是它在我们的车上留下了一个弹孔和一圈火药的灼痕。

想到我们的车被拖走，我回忆起"别回来先生"睡在副驾驶、我们睡在后排座的日子，他是和我们共享"水星"车的唯一访客，知道躺在黑暗的"水星"车厢里、嘴巴里带着雷运杀虫剂的味道睡觉是什么感觉。妈妈和我那时候却不知道命运将如何回报两个无家可归者的这一次热情好客。

"那个鲍勃中士，"科拉松继续道，"他说一直有人被枪杀，这不算什么新闻，他说你妈妈是一只信天翁。就是邪种鸟。"

"艾普尔·梅说什么？"

"我不记得了。诺埃尔说她全都看见了，但她没告诉警察。罗伯塔太太不希望疯子诺埃尔和警察说话，她会把事情搞混的。诺埃尔说午夜在敲门。"

科拉松来接我，我毫不犹豫地答应了她。我要走了。但我首先需要做点事。我告诉她我们两天后离开。

"参观赛琳娜坟墓的意义可不一般，几乎像见到她本人一样。"科拉松说。

科拉松对赛琳娜了如指掌。她知道尤兰达·萨尔迪瓦——赛琳娜的经纪人，也是杀死她的凶手，尤兰达一口咬定她不是故意杀人，而是枪走火。科拉松知道这是不可能的，因为点38口径的左轮枪需要给予扳机十一磅的压力才能开火。

"开枪需要那么大的压力，不可能走火。"科拉松说。

我在科拉松的房车里和她一起擦枪的时候，她就说过，等到2025年3月13日尤兰达出狱的那一天，她会去找那个凶手，站在监狱大门口等着她。

"你打算对她说什么？"我问。

"我现在还不知道，到时候我会想出来的。"

"你不是要杀了她吧？"

"我没必要杀她，宝贝。自有别人代劳。也许我该问问她，她为什么不像个好拉丁人那样，抽赛琳娜几个耳光，为什么非得杀了她？谁会杀死一只夜莺？我倒要听听她会怎么回答。"

"你一定饿了吧，想吃什么早餐？"我问。

"这真是个漂亮的厨房。"科拉松站起来，摸着黑白相间的大理石厨房台面说。她还打开了一扇柜门，往里看了看。

"瞧瞧这些巧克力和饼干，"她说，"这里的东西我全都想吃。"

我在厨房给她打下手，看着她炒了几个鸡蛋，给她倒了一杯鲜榨橙汁。

"我还得洗个澡，"她说，"好几天没洗澡了，游戏屋里没淋浴。"

"是的，当然，"我说，"我给你找几条干净毛巾。"

假如你是在一辆小汽车里长大的，肯定不会拒绝别人想要淋浴的要求。

"这座房子闻起来像橘子花，"科拉松说，"你发现了吗？"

"没有。"我说。

"真的。有人在这里洒了橘子花香水，洒得到处都是。"

等她吃完早饭，我带她去了我的房间，她冲了很长时间的淋浴。

她洗澡的时候，我从枕头下拿出那把枪，从我来到这里那天开始，它就在那里了。我把枪放进梳妆台的抽屉里。

科拉松从浴室出来，躺在床上睡着了，身上裹着一条白色的大毛巾。

我坐在窗边的椅子里，看着科拉松和善的脸。

她曾把我从孤独之中拯救出来，带我离开那辆装满枪支的废弃房车，现在她又要把我从寄养儿童的悲惨命运中拯救出来。

科拉松醒了，睁开她棕色的大眼睛，直直地坐起来，拍了拍床垫，说："过来和我一起坐。"

我站起来，坐到她旁边，她伸出胳膊圈着我，抚摸我的头发，亲吻我的脸颊和额头，搂着我前摇后晃，好像一把摇椅。我也任由她把我当成玩具娃娃。

"你有烟给我抽吗？"她问。

"当然。"我说。

我们肩并肩坐着，腿上盖着被单，抽着烟。

"你知道吧，我们不应该在床上抽烟的。"科拉松说。

"是的，我知道。"

"好吧，那就无所谓了，你只要知道就好。就像我知道我不应该吃太多的糖一样，我知道不应该，可还是照吃不误。难道医生真的以为你不会去吃冰激凌吗？简直荒谬，太荒谬了。"

"科拉松，"我说，"我妈妈埋在这里的花园，她在玉兰树下的一个盒子里。你觉得怎么样？"

"这地方很完美，你妈妈会喜欢这里的。"

"是的，"我说，"但我不确定是否应该把她埋在一个她不熟悉的地方。"

"好了，人在世时都有身不由己的时候——更何况是死了呢。"

科拉松希望尽快离开这里，前往得克萨斯，我们会搭乘灰狗长途车，她已经计划好了。

我需要两天时间做准备。现在是星期一。我告诉她，我们星期四离开。布罗德斯基先生下午都在家，她可以先躲在游戏屋，我会给她一些饼干和苹果。我向她保证，到了晚上，我会把她偷偷带进房子，让她和我一起睡在我的床上。

"我想让你见见海伦和利奥。"我说。

"噢，不，他们会告密的。他们会告诉那个男人，你要跟我走。"

"不会的，"我说，"寄养儿童不会告密，这是寄养儿童必须遵守的规矩。"

"你确定吗？"

"没错，利奥告诉我的，他说，寄养儿童必须学会的第一句话就是：我什么都没看见。"

星期一晚上，大家都睡了之后，我走下楼，打开前门，跑进花园。我走过妈妈的坟墓，蟋蟀的鸣叫和其他昆虫柔和的嗡嗡声环绕在我的周围。

我来到游戏屋门口，科拉松敞开小小的屋门，走了出来，我拉着她的手，和她一起走进房子，来到我的房间。

　　在黑暗中，我们躺到床上，听着外面的声音、彼此内心的声音和呼吸声。

　　"你觉得怎么样？你还好吗？"科拉松问。

　　我不知道该如何回答她。

　　我慢慢地思索着回应。

　　我滑下床，拉开窗帘，敞开窗户，一阵寒冷的夜风吹进了烟雾弥漫的房间。我低头看着花园里埋着我妈妈骨灰的地方，一群萤火虫闪烁着照亮了花园。

　　我没有关窗就回到了床上。

　　过了一会儿，科拉松低声说："你觉得那位先生有没有方便我们拿走的钱？我们需要钱。"

　　"我不知道，"我低声回答，"交给我吧，布罗德斯基先生、利奥和海伦明天早晨出门之后，我会到处找找的。"

　　"好吧，晚安。"

　　"科拉松？"

　　"嗯？怎么了？"

　　"你觉得我妈妈到底是怎么回事？"

　　"什么意思？"

"我们怎么会遇上这种事？"

"什么？"

"我妈妈就不该让伊莱上我们的车，连车窗都不应该放下来。"

"你妈妈想要被人拯救，"科拉松说，"她没有家，没有房子，连片屋瓦都没有。一个人怎么能在汽车里住那么多年？她是个孤独的女人，那个男人恰巧走进了她的生活并且留了下来。"

"是的，"我说，"其实我知道发生了什么，她想要每天都是星期天。那是一首歌的名字。她想要星期天那样的爱。"

第三十章

星期二，利奥、海伦和布罗德斯基先生都出门了，科拉松也出去买我们的灰狗巴士车票了，我坐在床上，打开我妈妈的那些塑料袋。

其中有一袋发夹、指甲钳和指甲锉，有两个装满胸罩和内裤的袋子，有一个装满了短裤和裙子，还有一个袋子里装着指甲油的瓶子。

我见过妈妈一次又一次地收拾这些袋子。现在我知道，她把这些超市购物袋当成了壁橱里面的抽屉。

最后一批袋子里，有一只装着一副白手套。我上次见到这副手套还是在教堂里。记得她在弹钢琴之前小心翼翼地把手套从她那双孩子般的小手上摘下来，然后把它们交给了我。我仿佛在手套的花边里听到了F小调。

我把两只手套卷成一个球，像丢弃纸巾那样扔进我床边的垃圾桶。

翻看她的衣服时，我检查了衣服口袋，里面净是些尖利的小石子或者碎玻璃。无论走到哪里，我妈妈都会把这些东西捡起来放进口袋，仿佛别人都在赤着脚走路，而她怕这些东西割伤他们。连自己不认识的人的安全她都如此在意。

我打开的最后一个袋子里装着她往昔的纪念品，证明她曾经有着富裕的童年。在房车露营公园，她从未使用过这些东西，也没来得及卖掉它们。其中有一个黑色的真丝手包，包外面缝满了红宝石色的珠子，还有一个罐子，里面有十颗珍珠纽扣，每一颗的边缘都镶了一圈小小的莱茵石。

但没有一个袋子里装着照片或者重要的文件，连一张能向我揭示我们身份的小纸片都没有。她十几岁就离家出走，根本考虑不到这么多。

我拿起所有的袋子，把它们堆在右手边，靠近小书桌旁的白色废纸篓。

没人会记得我的妈妈，只有我能让她继续活在我的心里。我闭上眼睛，听到我妈妈说："我竟然从来都没想到，伊莱的手就是肥皂，我需要好好洗洗了。"

星期二晚上，科拉松又睡在我床上，她说她买到了票。

"那将会是一次漫长的旅行，"她说，"我们会看到美国的其他部分，这些地方我们从来没有听说过。我已经求上帝保佑我们不要碰上警察，别让他们怀疑我这个带着白人女孩的拉丁人。你看上去连十四岁都不到。要是我在汽车站看到你，会以为你只有九岁或者十岁，你的胸什么时候才能发育？你来月经了吗？"

"当然了，"我说，"我又不傻。"

"这跟傻不傻有什么关系？"

"我不知道。"

星期三，科拉松一整天都待在游戏屋，因为每周的这一天清洁女工会过来。

我去布罗德斯基先生的书房找剪刀。我在他书桌上的开信刀和三支铅笔旁边发现了一把剪刀，于是把它拿到我的房间。

我剪开了那个丝绸盒子上的黄丝带，拿出我外婆的婚纱，把它放在床上，展开它的裙摆和两只袖子，婚纱的腰部系着一条白色缎带，背后打了个蝴蝶结。

我仰躺在这件衣服上。

真丝雪纺很柔软，衣料中涌动着陈年的香水味和岁月的气息。我妈妈说，过去的东西都有一股广藿香味。

婚纱的衣领处还能看到淡粉色的化妆印，前面的裙摆上有一道小破口和一小块早已干透的泥巴，似乎有人在跳舞时踩到了她的衣服。新娘虽然不在了，但她跳过舞的证据还保留着。

正如布罗德斯基先生早些时候所说，看到这件婚纱，我就想起了后来发生的事情。穿着这件婚纱时，我外婆并不知道她会被百事可乐的卡车撞死，也永远不会知道自己十几岁的女儿会被苍蝇拍和燃气炉逼得离家出走，而且带着一个新生儿。

躺在婚纱上测量完自己的身长，我站起来，开始用剪子剪衣服，袖子剪掉了至少五英寸，下摆剪掉至少十二英寸。

那天晚上，我和海伦来到利奥的房间，我把科拉松的事情告诉了他们俩，还说我第二天早晨要和科拉松逃跑。

"利奥，离开之前，我希望你能和我结婚。"我说。

"我愿意。"他说。

我早就知道，"我愿意"是字典里最美的三个字。

布罗德斯基先生去睡觉之后，利奥、海伦和我走进花园，去游戏屋找科拉松。

海伦认为科拉松住在那里是一件很棒的事。

"真的吗？那些金枪鱼罐头都是你的？"她问。

"是的，我必须买一些不容易坏的食物，尽管我讨厌金枪鱼。"科拉松说，"哪个白痴发明了这种可怕的东西？简直是给猫吃的。"

"啊，没错！"海伦说，"还真是猫粮！"

我看得出海伦和科拉松一见钟情，科拉松似乎很想帮海伦梳头，把她的黑人小辫打理顺滑，用柠檬保养小丫头干巴巴的皮肤。

海伦也蠢蠢欲动，很想爬到科拉松的腿上睡一觉。

她还一直看着科拉松的彩色指甲，最后终于忍不住开口问道："女士，你为什么要在指甲中间画个白点呀？"

"那是星星，小姑娘，"科拉松说，"是我从天上抓的，它们粘在我的指甲上了。"

海伦想要相信她，而且说她很想和我们一起逃跑，我甚至觉得科拉松打算把我丢下，带着海伦跑掉。

"不，"科拉松说，"这次不行。我们会回来接你的。我保证。"

"告诉我们你的电话号码吧。"海伦说。

"当然。"我说。

我们关上门，离开游戏屋。

如果此时我妈妈从天堂往下看，会看到四个流浪者在深夜里跑着穿过花园，为了筹备一场婚礼。

我让海伦、利奥和科拉松待在利奥的房间，然后跑回自己的房间做准备。

科拉松同意主持婚礼。她说："好吧，我会让你和他结婚，因为我是天主教徒，天主教徒什么都接受，因为无论如何你总能得到赦免。感谢上帝。为什么还有人要信别的教呢？"

海伦将成为我的伴娘。

在自己房间里，我穿上了婚纱，真丝雪纺贴在皮肤上，软软的凉凉的。我穿过大厅，走向利奥的房间。

我站在门口，利奥、海伦和科拉松都盯着我看。他们没想到我穿着真正的婚纱。

"噢，不！我应该烤一个蛋糕的。"科拉松摇着头说。

"你真美，你真美，珀尔，"海伦说，她跑过来，脸颊贴在我的婚纱上蹭来蹭去，"这是真丝的吗？是蜘蛛的丝做的吗？"

"我没有戒指。"利奥说。

"我有戒指。"我把妈妈的小蛋白石戒指从手指上摘下来。

科拉松用西班牙语主持了婚礼仪式。

"你们知道吧，我不习惯用英语说这些，好了，就这样，你们可以说'我愿意'了。"

利奥把戒指戴在我的指头上，吻了我的脸颊。

那天晚上，科拉松独自睡在我床上，海伦回她的房间去了，我和利奥待在一起。

那天晚上，我生命的合唱是利奥的心跳。

我以前从不知道，另一个人的身体会让我觉得受到了保护。他就像羊毛和兽皮、苹果皮和橘子皮、鸡蛋壳、豆荚和树皮，还有绷带。

"我梦见了你。"他又说了一遍。

但愿他说的是对的。我希望今晚属于梦境的一面。

我们知道自己还太年轻，还不适应彼此的身体。

第三十一章

第二天早上，我下楼去和布罗德斯基先生说再见，当然他不知道我说的再见是再也不见。和他道过了别，我才觉得自己不再那么像一只偷偷摸摸溜走的老鼠。

我朝利奥和海伦挥挥手，看着他俩上了车，他们没有朝我挥手，寄养儿童从来不这么做，他们忘了告诉我这一点。

科拉松做早餐，我打包行李。我把从垃圾场里捡来的东西留给了利奥，把我的婚纱留给了海伦。

那个装了射进我妈妈身体的二十颗子弹的牛皮纸信封依然摆在我床边，我把信封放进行李袋。

伊莱的枪在梳妆台的顶层抽屉里，科拉松来的那天，我就把它搁在那里了。

我拿出枪，握在手中。

伊莱给我们这把枪的那天，我妈妈说："听着，珀尔，我们只是暂时保管它一阵子，直到我们不再住在汽车里。等我们有了带邮政编码的真正的家庭住址，终于安全下来，我们就把枪处理掉。"

我用两件T恤包起枪，塞进包里。

早餐后，科拉松说她要染黑我的头发。我们回到楼上的浴室，我坐在浴缸边缘，她站在水池边，用厨房里拿来的碗和汤匙调配染发剂。

"我觉得你的头发变成黑的会很漂亮，"她说，"而且只是暂时的，我们不能让你被人认出来。如果不染头发，你跟着我会很引人注目，他们会觉得我绑架了你。"

科拉松不停地说话，我靠在水池上，她用一把小短刷子往我头发上抹染发剂。

她说："我等不及想看到赛琳娜的坟墓，我脑子里只有这件事，想到他们杀了赛琳娜，后来又杀了你妈妈，我就受不了，那个杀了你妈妈的男孩，竟然和耶稣的门徒[1]重名，你注意到了吗？"

---

1 指圣保罗。

帮我染好头发，科拉松把我的包带到走廊里，叫了一辆出租车。我们离开房子，来到公共汽车站，刚好赶上长途车，险些就错过了。我对科拉松提到这一点，她说："这是当然，我总是差一点就错过公共汽车，我就是这样的人。"

出租车载我们去公交车站的路上，科拉松说："你的黑头发看上去还不错，如果你现在回到露营公园，没人能认出你来。"

因为我妈妈被枪杀了，我就跳上了一辆灰狗巴士。我简直不敢相信，现在的我正坐在车上往窗外看。

灰狗巴士让我有种回到了家的感觉。

—— PART 3 ——
第三部分

我躺在枪上，心知自己躺在那些已然发生的死亡和即将到来的死亡之上。

第三十二章

"婚纱和裹尸布都来自天堂，"科拉松说，"你无法决定自己什么时候穿上这两种衣服。"

"我没带走婚纱，"我说，"我把它留下了，送给海伦过家家。"

"好吧，但你没真的结婚。"

"我结婚了。"

"不是真的。一根手指不等于一整只手。"

"我知道。"

"你知道吧，我让你和他结婚是因为我是天主教徒，"科拉松说，"这意味着我没有论断和审判的权力，你是自由身。"

登上灰狗巴士二十分钟后，我站起来去卫生间。卫生间在最后一排座位后面。

小小的隔间里有个警示牌，用加粗的红色字体写着：请勿吸烟。金属水池上方安了个塑料的烟雾探测器。我爬进水池，扯掉探测器的塑料盖子，抠出里面的电池，扔进垃圾桶。

我钻出水池，打开窗户，从牛仔裤后袋掏出一包烟和打火机，一边对着窗外吞云吐雾，一边打量外面的高速公路，它正带着我远离原来的自己。

离开卫生间之前，我把烟蒂扔到窗外，我知道我要引发遍及全国的森林大火了。

我回到座位上，科拉松说："听着，我一直在想，你住的那座房子很漂亮。"

"是的。"我说。

"你找到方便偷走的钱了吗？"她问。

"没有，我把所有的抽屉都翻过了。"

我没告诉科拉松，利奥给了我两百美元，这是他的全部积蓄。把钱给我的时候，他说："一年之后你再回来，那时候我就能继承遗产了，我们就发财了，你想要什么就有什么。"

"你身上有烟味，"科拉松说，"你在卫生间抽烟了？"

"是的，"我说，"别担心，我把烟雾探测器的电池拿出来了。"

"好孩子。"

我们现在可以一路抽烟前往得克萨斯了。

"我也在房子里找过钱，"科拉松说，"但也没找到现金，那个人一定把钱藏在别的地方，我连个保险柜都没看见。不过我还是顺走了一些珠宝和一块手表，我在他卧室里就找到这么点东西。"

科拉松打开她的钱包，拿出一枚钻戒、一枚黄金婚戒、一条带古董吊坠的珍珠项链。

我妈妈教给我的本事终于在今天派上了用场。

我把一颗珍珠按在门牙上，轻轻地咬住它，牙冠来回碾磨，珠子的质地有点粗糙，不是很细腻，这说明它是真的。整条珠串拿在手里，透出一股凉意，过了一段时间才被我的手掌焐暖，再一次证明它是真货。

"都是真正的珍珠，"我说，"你顺来的都是传家宝，我敢肯定，它们看起来很古老，我猜是从欧洲来的。"

"传家宝？那是什么？"科拉松问。

我知道布罗德斯基先生不会因为我偷了珠宝逃跑而生我的气，把我领进他家的时候，他说他是犹太人，犹太人是全世界最理解寄养儿童的人。

"你可以留着珍珠项链，因为你的名字就是珍珠。好吗？我拿着戒指和手表。不要告诉雷伊。雷伊想让我们躲在阴影里，不希望有人看到我们，他说偷东西就是站在阳光下。"

"雷伊？雷伊？"

"别告诉雷伊。绝对不行。他讨厌我偷东西。他说我想要什么他会给我买。"

"雷伊？"我又问了一遍。

"是的。雷伊说他什么都给我买，但我喜欢偶尔偷点东西。谁不喜欢呢？他不理解我，他说他爱我，可他不理解我。男人都不长耳朵，你记着这句话准没错。"

"我们会见到雷伊吗？"我问。

"是的，当然，"她说，"我们在拉雷多和他碰面，我是不是忘记告诉你了？他昨晚给我打电话了，我知道他会打的。他顶多离开我三天，然后就会变得不知所措。"

这是科拉松第一次提到我们会和雷伊见面。

科拉松转头看我。

"低头，"她说，"这是给你的。"

我靠向她，她把珍珠项链挂在我脖子上，小心翼翼地扣好古香古色的黄金搭扣。

"戴着这串项链去赛琳娜的墓地，你看起来会很漂亮。"

"我们要去拉雷多？"我问。

"是的，去过科珀斯克里斯蒂之后，看完赛琳娜。"

科拉松枕在靠背上，闭上眼睛。"给我唱首歌，珀尔，"她说，"我一直想听你唱歌。"

在房车露营公园的停车场住了十四年，又在寄养家庭住了三个星期之后，灰狗巴士带着我驶离了这段过去，我知道自己得到了怎样的遗赠。我妈妈不仅教会了我各种礼仪，向我描述过她富裕无忧的童年，还送给我一笔关于情感的信托基金。在她被害之后，我才懂得她所拥有的移情能力。

我脖子上的珍珠项链正在哀叹大海。

第三十三章

利奥对我说的最后一句话是："如果你不离开，我又怎么能想念你？"

与此同时，我妈妈的声音也在我心里响起："珀尔，亲爱的，这是个值得珍惜的男孩，他说的话就像歌词。"

我明白"如果你不离开，我又怎么能想念你"这样的话只是寄养儿童的口头禅，可以把它绣在枕头上或者印在T恤上的那种。

整段旅途需要三十八小时三十分钟，我们得转三次车。巴士载着我们绕过了墨西哥湾北端的圆形岬角，接下来我们必须穿越亚拉巴马、密西西比和路易斯安那才能远离佛罗里达，进入得克萨斯。

我们的前排坐了一对夫妇，我听到那个男人告诉司机他们正在度蜜月。

新娘的栀子花香水味包围着我们，她就像枯燥沉闷的空气中的一片小花园，这对新人给巴士车厢带来了树叶、阳光和土地，散发着柠檬清香的土地。

从座位上我能看到他俩的头转来转去，有时靠在一起。如果我的脸紧贴着窗户，还能看到他们映在玻璃上的面孔，两人拉着手亲吻，互相喂苹果片——他们有个很大的特百惠方形玻璃罐——他们之间的爱像一只母鸟，喂饱了彼此。两人的谈话不时零零散散地传进我的耳朵里。

丈夫说："你头发上沾了米粒，别把它摇下来。"

爱上利奥之后，每当看到彼此相爱的人，我就会意识到我给自己找了个大麻烦，因为想念他是一件十分痛苦的事，我很想原路返回去找他。

在巴士上，科拉松告诉我她十年前从墨西哥来到美国，她来自格雷罗州的一个小村庄，距阿卡普尔科大约一小时车程，村子名叫"伊甸园"。雷伊比她年长二十岁，来自努埃沃拉雷多。

"第一次见到雷伊的时候，"科拉松说，"我还是个小女孩，只有九岁，也许还不到九岁。他和我爸爸一起在美国搞进出口生意，他总会给我买黄色的M豆，还有好时之吻巧克力。我十七岁就结婚了。婚礼很棒，蛋糕有七层，请了两个流行乐队和一支墨西哥流浪乐队。我们还举行了斗鸡比赛。你知道吗，我的家乡没有离婚的女人，只有寡妇，所以男人们都知道自己应该规规矩矩的。"

我看着科拉松的手。"你为什么不戴结婚戒指？"我问。

"哎呀，珀尔，你知道，我把它们冲进马桶里了，当时雷伊把我给气坏了，我火冒三丈，就把那几个戒指冲进了马桶。"

科拉松举起一只手，摸了摸本该套着戒指的地方。

"不信你可以问水管工，"她说，"他们清楚，各家马桶的下水道里全都是结婚戒指。"

"雷伊为什么不和我说话？"我问。

"因为他不会说英语，他怕开口以后别人笑话他。"

在灰狗巴士上，我凝视着窗外的卡车、小汽车和路牌，在玻璃上看到了我戴着珍珠项链的倒影，每一颗珠子都很凉，贴着我皮肤的地方又很暖。墨西哥湾的碧蓝海水偶尔在我左侧的窗口遥遥闪现，近处则是黑色的沥青路面和树林。

"你知道吗，人人都嫉妒墨西哥。"科拉松说。

"什么意思？"

"因为从太空落下来的小行星全都砸到了墨西哥，砸死了墨西哥的恐龙，让别的地方的人逃过了一劫。你瞧，没有墨西哥，就不会有人类。"

我从上衣口袋里掏出一包小蛋糕，用牙齿撕开包装，给了科拉松两个黄色的蛋糕。

"谢谢，"她从袋子里拿出一个蛋糕，"你从哪儿弄的蛋糕？"

"我从汽车站的商店偷的。"

"你偷商店的东西？"

"嗯，偷商店是第一次，不过我已经偷别人的香烟偷了很多年。"

科拉松说："这一趟，我们得先去亚拉巴马的莫比尔拿点货，雷伊已经安排好了。"

"为什么？"

"别担心，"科拉松说，"会有人在那里等我们，然后我们去赛琳娜的墓地，再然后我们就去拉雷多跟雷伊会合。"

我把蛋糕掰成两半，首先舔掉中间的奶油夹心，然后才全都塞进嘴里。

"雷伊在哪儿等我们？"

"在一家旅馆。等到了拉雷多的汽车站，我们从那里叫辆出租车，直接开到旅馆去。"

没跟我说话或者该睡觉的时候，科拉松会拿出手机给雷伊发短信，她时不时地扭过脸来告诉我雷伊说了什么。

"雷伊说我们在莫比尔拿的货有四个行李袋。"她说。

"雷伊说他会给我买花。"她说。

"雷伊说我们不应该和任何陌生人交谈。"她说。

"雷伊知道你来接我吗？"我问。

"当然，宝贝，雷伊什么都知道。他知道你是个小可怜，虽然你妈妈被杀了，但我不会抛弃你的。我要什么他都会给我，我告诉他，你会是我的宝贝。"

科拉松在车上谈起了她的家乡，我们在她的房车里的时候，她从没提到过那个地方，是行驶中的巴士让她有了正在返回家乡的错觉。

我坐在她身边，嗅着若有若无的柴油味和灰狗巴士的旧空调味。科拉松告诉我，她的家乡离海边和阿卡普尔科港只有一小时路程。

"我们不会随便让人到镇子里来，"科拉松说，"你得接到邀请才能进去。如果你只是开车路过那里，会被杀掉的。"

科拉松说，她家乡的小镇有三座教堂，其中之一的外墙覆盖着金箔，还保存了墨西哥城大教堂里那些旧油画的复制品，圣坛上有纯金制成的烛台，在教堂的中心、圣坛的后面，有一幅瓜达卢佩圣母的画像复制品。

科拉松说："应该是复制品，但也有人说它是真品，而大家去墨西哥城的大教堂看到的那一幅才是复制品。有人偷偷告诉我，我们镇上的人花了三百万美元现金买来了真品。"

"你是怎么想的？"

"在我们的小镇，人人都爱上帝，"科拉松说，"所以它可能是真的。在我看来，那幅瓜达卢佩圣母的画像就是真的。"

"你为什么会这么觉得？"

"有五个拿枪的保安时时刻刻看守着它，假如你想靠近了看，必须征得神父的同意。"

"那它一定是真的了。否则他们为什么要这样保护一幅假画呢？"

"嗯，嗯，没错，没错，它就是真的。我不应该泄露秘密的。它保存在防弹玻璃柜里面呢。"

第三十四章

离开佛罗里达州之前，巴士停在彭萨科拉镇，一个女人上了车。我知道她是谁。我妈妈的声音说："来了。"

还没看到那个女人，我就感知到了她的存在：她踏上灰狗巴士的三层台阶，出现在过道的尽头，慢慢朝我们走来。

我看着她，知道这个女人每天早晨都会喂鸟。她清楚什么时候会下雨，绝对不是个普通的女人。

她大约六十岁，非常漂亮，深褐色的眼睛，灰白的头发编成两根长长的辫子，一直垂到腰间，她很可能几十年来都没有剪过头发。她穿着黑色长袖T恤和黑色长裙，左手上有个文身，图案顺着手指延伸到袖口里面，看上去像是葡萄藤和鲜花。

她坐在我们对面的座位上，和科拉松只隔着一条狭窄的过道。

科拉松跟她搭话，我望向窗外，但把她们说的每一个字都听进了耳朵里。

"你从哪里来？"科拉松问。

女人说她来自没有潮水的沼泽地，是在格莱德[1]长大的。

她说世界上的每一样事物都有自己的潮汐，即使是谋杀。她说，在她的家乡，所有人需要的只有烟草、咖啡、糖、盐和火柴。

"噢，好吧，没错。"科拉松说，她低头看了看自己的手，不吭声了，她知道对方很可能是个疯子。

几分钟后，女人侧过身子来问："哎呀，这个小姑娘是谁？嗯？"

"她是我女儿。"科拉松说。

"她看起来不像你的孩子，"女人说，"你是哪里人？墨西哥人？"

"是的，我是墨西哥人。"科拉松说。

"我相信你。"

1　指"埃弗格莱德"，也即佛罗里达南部著名的大沼泽地。

"信不信由你。"

"我说我相信你。"

"好吧。"科拉松说。

"在佛罗里达，"女人说，"我们都知道，不能把脚伸进河里，我们那边有大雨、大风和响雷，还有深仇大恨。在佛罗里达，你得小心自己说的话，一定得小心，孤独悲伤的小孩是掠食者的猎物。"

"她和我在一起很安全。"科拉松说，她握住我的手。

那个女人看着我说："小女孩，你要按照水中的速度移动，不要按照陆地的速度。"

我一语不发，只是听着。

她说："我想要死得其所，要做到这一点，就要放下所有恐惧，不再小心翼翼地生活，不要太小心，我们无非星尘而已。"

我静静地听着。

巴士驶近亚拉巴马州的莫比尔时，车厢里一阵骚动，准备下车的乘客纷纷站起来，从座位上方的架子上取下自己的行李。

女人还在说话。

"我们只是星尘，"她重复道，"你听说过哈雷彗星吗？你知道那是什么吗？它会回来的。看看天空。2061年它就会回来，那时候你多大？说不定那时你已经死了。"

"我会死，"科拉松说，"这是肯定的。"

前排那对年轻夫妇站起来准备下车，刚才的几个小时他们一直在睡觉，田野和牧场的味道即将随他们而去。

"我到站了。"女人说。

她站起来，朝科拉松这边倾斜身体，离我更近了。

"你——"她说，伸手指着我。

她的手指上文着细长的常春藤蔓，从指甲一直延伸到手掌和胳膊。

"你，"她又说，几乎戳到了我的脸，"你知道那些歌，对不对？我能听见它们。你自己就像一首该死的歌，对不对？"

然后那个女人转身离去，朝我们挥了挥她满是文身的手掌，下了巴士，往市区的方向走去。我知道她是代表佛罗里达和我告别的先知。

"那个女人是什么人？她说的那些话是什么意思？"科拉松问，"我真的不该和陌生人说话的，她很可能是个恶魔。"

"她是印第安人。"

"过去的人不像我们现在这么了解恶魔，"科拉松说，

"她身上有股醋味。"

"她是真正的印第安鬼魂。"我说。

"她身上有股醋味，那是海洛因的味道，我熟悉那种味道。"科拉松说。

她坐直身体，迅速拍打了几下自己的脸颊。不知道这是自我安慰还是自我惩罚。

"你知道吧，她可能既不是恶魔也不是印第安人，那个女的说不定是便衣警察，来找你的。"科拉松说，"听着，我也许会进监狱，罪名是把你从寄养家庭绑架出来，现在他们说不定已经启动了安珀警报[1]。当然前面这些猜测也可能都不对，雷伊总是说，我的墨西哥逻辑实在是太墨西哥了。"

"不会有人找我的，我连出生证明都没有。"

"你妈妈没说过你爸爸是谁吗？"

"没有，她从没告诉过我，我只知道他是个学校老师。"

"这就对了，假如她说出去，他一定会因为强奸罪坐牢，你知道吧。你妈妈当时还没成年。"

"我不知道。"

"你似乎很喜欢那个印第安女人，我能看出来，"科拉松

---

1 主要用于美国和加拿大，是当确认发生儿童绑架案件时，透过各种媒体向社会大众传播的一种警戒告知。

说，"但我只扫了一眼就知道，她是做那种买卖的人，跟这辆车上的其他人没有什么区别。"

"你什么意思？"

"海洛因买卖。她指望我卖给她一点儿，还想弄清楚我们是什么人，但她搞不明白你是谁，我了解这种人。她从厕所里出来之后，脑袋就一直晃个不停，大概是嗑嗨了。"

"我不知道。"我说。

"嗯，我知道，"科拉松说，"在我的墨西哥老家，镇子外面种着罂粟，漫山遍野都是美丽的红花，去过那里之后，你会明白一件事：上帝忘记了赐给那种花气味。"

第三十五章

在莫比尔，科拉松和我跟着其他乘客一起下了车，因为我们必须转乘另一趟巴士。我们需要在候车室等上四个小时。我们坐在面朝卫生间的一排酒红色的金属座椅上，我看着天花板上的吊扇和来来往往的人，科拉松给我买了一些"救生员"软糖和可乐。

一切都已经计划好了。科拉松和我坐在车站等着，开往科珀斯克里斯蒂的巴士发车五分钟前，两个男人走进车站，每人带着两个很长的黑色行李袋。

科拉松上去迎接他们，他们三个显然彼此认识，我不认识其中的那个墨西哥人，但我记起另一个男人有时候会开着卡车到露营公园后面的垃圾场卸垃圾。他又高又瘦，白皙的皮肤晒得红红的，穿了一件短袖T恤，我甚至认出了他右臂上的美人鱼文身，他曾经在垃圾场和雷伊说过话，雷伊当时在捡报纸。

看到他的那一刻，我仿佛闻到了垃圾场里的烂橘子味。但他没认出我来，因为我染黑了头发。我也不打算主动提醒他想起我是谁。

两个男人帮助科拉松把行李袋放进巴士的行李厢，又把我的行李袋和科拉松的手提箱放在四个行李袋旁边。

墨西哥人对巴士司机说了些什么，递给他一个黄色信封，然后两个男人就走了，甚至没和科拉松说再见。

把车票给乘务员看过之后，我们走到巴士后排。

"现在我们终于可以去看赛琳娜的坟墓了，"科拉松说，"我一直在等待这一天。"

"没错。"

巴士沿着高速公路前进，科拉松变成了一台自动点唱机，专门唱赛琳娜的歌。

我靠在窗户上向外张望。

我开始感到昏昏欲睡，打起了盹儿，但行进在一条发生过数百起罪行的高速路上，妈妈传给我的移情能力迅速苏醒，我意识到，那四个行李袋里装的都是枪。

灰狗巴士的行李厢里，有史密斯威森Ｍ＆Ｐ突击步枪、DPMS猎豹武装突击步枪、史密斯威森手枪、"美洲驼"手枪、格洛克手枪、"金牛座"手枪、德尔顿突击步枪、点40口径半自动手枪、点45口径格洛克、贝雷塔手枪、史密斯威森半自动手枪、雷明顿霰弹枪、"大毒蛇"XM-15步枪、点22口径"野人马克"二代步枪、斯普林菲尔德军械库半自动手枪、史密斯威森半自动步枪、格洛克点40口径半自动手枪、FN赫斯塔尔手枪、贝雷塔92 FS 9毫米手枪和贝雷塔PX4"风暴"手枪。

　　我能感觉到身下行李厢中的枪，还有巴士排出的尾气。在房车里，我见过科拉松清理这些武器，它们的标签几乎都是我帮她做的。

　　我仿佛听到一首赞美诗般的曲子：我深深地想念你，宝贝，我要把手枪塞进你的嘴巴里，如果你打算留下来，就转转你美丽的眼珠子。

　　有一天，一只白尾鹿误入房车露营公园，艾普尔·梅和我恰好放学回来，看到白尾鹿躺在她家房车前面的地上，鲜血涌出它的身体，它闭着眼睛侧卧着，身上有好几十个弹孔。艾普尔·梅的父亲杀死了它。

　　"它只是过来转转的，"艾普尔·梅说，"很快就走了。"

她的语气很伤心。在我们这个充斥着爬行动物和两栖动物的世界里，如此美丽的东西根本不该出现。

"骑上去，姑娘们，骑一骑那头鹿。"鲍勃中士对看着母鹿尸体的我们两个说。

"你们骑上去，我来拍一张照片，瞧瞧这头鹿，个头真大，伙计，真够大的。"

那天天气潮湿，蚊子肆虐，苍蝇围着死去的动物嗡嗡作响，母鹿的尸体发出臭味。

艾普尔·梅的父亲穿着陆军作战服，戴着假肢，手里的霰弹枪还没放下。

我看到了诺埃尔，很少离开房车的她站在一棵树后面望着我们这边。

后来，我问诺埃尔是怎么看鲍勃中士杀死母鹿这件事的，她说："别担心，没人会为它哀悼。"

也没有人过来看它。雷克斯牧师、罗伯塔·杨太太、墨西哥夫妇和我妈妈从头至尾都没露过面。连罗丝也躲在房车里，希望一切早点结束。没人钻出过房车，看看鲍勃中士究竟会拿那头鹿怎么办，大家都知道，艾普尔·梅的父亲经常会做出精神错乱的举动来。

"来吧，姑娘们，骑上去，快点，跑过去。"艾普尔·梅的父亲坚持道。

我们可不想靠近尸体和苍蝇。

我们向后退去。

"不，"艾普尔·梅抗议道，"它又不是马。"

她父亲放下霰弹枪，两步跨到艾普尔·梅旁边，抓住她的上臂，她的胳膊在他手里就像一根塑料吸管那样纤细，鲍勃中士把她拖到鹿尸旁边，往母鹿的肚皮上一推。

艾普尔·梅已经哭了起来，她穿着短裤，腿上沾了不少鹿血，我从没见过她哭。

我为艾普尔·梅感到难过，但也不是太难过，所以我拔脚朝"水星"车跑去，把自己锁在里面，平躺在后排座，躲在我妈妈堆积如山的塑料袋下面。

第二天，艾普尔·梅和我一起放学回家，我知道她不会生我的气，在佛罗里达，没人会责备一个迫不得已逃跑的人。

"那头鹿呢？"我问她。

"他把它拖到垃圾场，扔在那里了。"

"我们这阵子最好离那里远一点。"

"没错。"艾普尔·梅说。

接下来的周日礼拜，雷克斯牧师说，今天我们来读读《以西结书》。这让我想起了那头鹿，仿佛它需要我为它祷告一样。

雷克斯牧师读道："人子啊，你要发预言，向风发预言，说主耶和华如此说，气息啊，要从四方而来，吹在这些被杀的人身上，使他们活了。[1]"

得知我们的巴士上有四大袋枪支之后，我意识到我的旧生活永远不会结束，我永远不会像擦黑板那样抹除脑中的记忆，或是把它当作一桶泥土那样丢掉。

感谢我的妈妈，我知道记忆是爱的唯一替代品。感谢我的妈妈，我知道梦想世界是唯一的去处。

我妈妈总是说："梦想很便宜。它没有任何成本。在梦里，你不用付账单和房租，在梦里，你可以买房子，也能被人爱。"

在灰狗巴士上，我又想起一件发生在露营公园的往事。跟艾普尔·梅闹翻后不久，我当时还不知道我们以后再也不会说话了，现在才明白自己当初是多么愚蠢。

那一天下着雨，预报中的飓风放过了佛罗里达，到达墨西哥湾上空时已经减弱。风暴没有来临，但整个星期都是阴雨天。

那天下午，我妈妈和伊莱待在"水星"车里，我在科拉松

---

1 《圣经·以西结书》，第37章，第9小节。——译者注

和雷伊的房车里做作业。

科拉松在厨房柜台前擦枪。

雨不停地敲打着铁皮车顶，科拉松惊叹着把正在清理的枪扔到柜台上。

"我看到了什么？"她说。

那支枪从不锈钢台面上滑下来，掉到地上。

"怎么回事？"

科拉松向后退开几步，一只手捂着嘴。

"瞧！"她指着那支枪。

"那是什么？"

"噢，噢。"她说。

"怎么了？"

"这支枪，瞧，上面全是血。"

我站起来，走到她旁边，低头看向地板。

那件武器是深褐色的，显然是裹了一层早已干涸的血。

"你打算怎么办？"我问。

"你觉得我该怎么办？"

"报警？"

"不，"科拉松说，"不，去拿汰渍。"

这支枪也在灰狗巴士上。

第三十六章

"假如你想知道谁真的爱你，生个病就能看出来。"科拉松说。

离开莫比尔后，我们都打起了瞌睡，科拉松用上面那句话成功地叫醒了我。

"假如你想知道谁真的爱你，生个病就能看出来。"她又说。

"你怎么知道的？"

"我奶奶告诉我的，我到现在还记得，我想在忘记这句忠告之前把它告诉你。你觉得它是什么意思？"

"我不知道。"

"它的意思是，你得时常装病，这样才能知道都有谁爱你！明白吗？"

"好吧。"我回答。

"有一件事我倒是从来都没想明白。"科拉松说。

"什么事？"

"假如你疯狂地想要得到一个结了婚的男人，该怎么办？你肯定睡不着，整天恍恍惚惚。"

"你遇到过这种事吗？"我问。

"唉，小宝贝，"她说，"你还是太小了。"

自上车之后，我已经去过好几次卫生间，但我尽量不乱碰灰狗巴士上的东西，我知道这儿到处都是细菌，一想到这种车上什么样的乘客都有，我就心有余悸。我看到卫生间的垃圾桶里有一块用过的婴儿尿布、一根注射器和一本书，但我始终不敢伸手去拿那本书，看看里面写了什么，因为我感到无聊的程度尚且不够，无法击败我对污秽之物的恐惧。

科拉松对此却浑不在意，她也去了好几次卫生间，回来的时候对我说："嘿，我刚才读了垃圾桶里的一本书，是讲飞钓技术的，你知道他们怎么做模拟鱼饵吗？特别复杂。他们得给鱼线打结，把它伪装得看上去像是活虫子，这样才能骗鱼上钩。"

"我不知道。"

"下次你去卫生间自己看。"科拉松说。

我们离得克萨斯越来越近，科拉松又谈起了赛琳娜和她的家乡。

"我们镇上的派对是最好的，"她说，"音乐也是最好的。我的一个侄女希望邀请著名的歌手到她的十五岁生日派对上演唱，她爸爸就给她请来一位，因为他们开派对的时候我在美国，我记不清到底是谁了，反正不是克里斯蒂娜·阿奎莱拉就是詹妮弗·洛佩兹[1]，一个拉丁裔歌手。12月12日那天是瓜达卢佩圣母日，我的另一个叔叔买了许多玫瑰装饰整个镇子，到处都是玫瑰花瓶和花篮。当地根本买不到玫瑰，因为他把所有玫瑰都买走了。"

快要抵达科珀斯克里斯蒂的时候，科拉松不再谈论自己的童年，开始激动万分地哼唱起了赛琳娜的歌《你的唯一》。

她什么都安排好了：我们得先在赛琳娜被枪杀的那个旅馆住下，科拉松通过赛琳娜的粉丝俱乐部了解到赛琳娜被追杀时跑进了哪个房间，那儿的房间号码已经从158改成了150。

"那家旅馆不会因为你订了那间房就收取额外的费用，"科拉松说，"我觉得他们可能只是换了房间里的地毯，

1　二人皆为美国当代最知名的拉丁裔歌手。

我打电话订房时，他们表现得就像不知道我在说什么似的。"

"我们住在那个房间吗？"我问。

"你知道，我考虑过这个问题，"科拉松说，"但我后来改了主意。我想，假如我们住在那里，我会变得很伤心，而且会伤心一辈子，再也不会快乐起来。"

科珀斯克里斯蒂市位于科珀斯克里斯蒂湾的海岸线上，乘车进城时，我们看到码头上停泊着成排的帆船，天空是浅蓝色的，海湾里的水则是深蓝色。在这两道蓝色之间，灰狗巴士开进了汽车站。

下车之前，科拉松低声对我说："我们不带走那四个包，你只拿走你的包，我拿我的，雷伊已经安排了人过来接货，把它们带到拉雷多。"

我巴不得早点儿摆脱那几袋子麻烦，它们老让我在车上梦见凶杀案。

我们乘出租车去旅馆。

"航海大道901号。"科拉松告诉出租车司机，她说得很慢，仿佛在朗诵诗句。

科拉松摇下车窗，向外望去。"今天就和那天一样，"她说，"1995年3月31日。"

我们在旅馆大厅办了入住手续，当年就是在这个大厅，肩膀中弹的赛琳娜跑进来求救。科拉松把她的信用卡递给前台服务员，然后环顾整个大厅，等候前台激活我们的房卡。

"什么都没变。"科拉松说。

我们朝房间走去，走过赛琳娜倒下的地方。科拉松踮着脚尖，轻轻从地砖上跨过去，仿佛生怕踩碎什么东西。她说话的声音也很轻，好像怕吵醒什么人。

那天晚上，吃过了比萨外卖，我们并排躺在两张单人床上，我以为她会和我说一晚上话，谁知她钻进被窝之后，只说了一句："这旅馆就像一座神庙。"然后就再也没说一个字。

第二天上午，科拉松带我去了赛琳娜的墓地。

一辆出租车载我们去了海滨纪念公园和殡仪馆，司机十分清楚我们该去哪里。

"所有游客都是来看赛琳娜的。"他的英语带着浓重的墨西哥口音。

"人人都爱她，"他说，"有一次我送过两个客人，他们是来自墨西哥城的变装皇后，专程来看她，哭了一路。"

"我也要哭了，"科拉松说，"眼泪就是干这个用的。"

墓园很大，除了赛琳娜的安眠之处，还有许多小坟墓。她的墓前有座小纪念碑，立在平地上十分显眼，墓园里最大的牧豆树下就是她的墓，周围竖着锻铁栏杆，挂在锻铁大门上的牌子写着：为尊重墓地起见，请勿进入。

墓碑上嵌着赛琳娜的青铜肖像，底部刻有铭文：赛琳娜·金塔尼利亚－佩雷斯，1971年4月16日—1995年3月31日。

"现在我看到了她的墓，"科拉松说，"我终于相信她已经死了。"

科拉松低下头，看着底座上刻的字，大声读道："他已经吞灭死亡直到永远。主耶和华必擦去各人脸上的眼泪。——《以赛亚书》。"

我绕着坟墓走了一圈，然后站在树荫底下。

"她是天使，"科拉松说，"怎么会有人想杀她？"

我不想看科拉松的脸。我知道她在哭，但我不想安慰她。

一阵微风拂过头顶的树枝，我感到昏昏欲睡，恍惚之中看到了一切。

那一天，赛琳娜被一颗点38口径的空心弹击中，她挣扎着逃跑，留下一条392英尺长的血迹。

赛琳娜像一只黑色的麻雀，奋力扇动翅膀，流着血跑进停车场，穿过一排排汽车，来到旅馆大厅。"等等我。"她请死神再等她一下，她很快就能赶上来。

"我很爱她。"科拉松说。她沿着铁栏杆走来走去，打量着用丝带缠在上面的粉丝们写给赛琳娜的信。"我和这些人一样爱她，"她继续道，"我也应该带一封信来的，我们还应该买点花。"

有些粉丝来信装在信封里，永远不会被人拆开来读。

"站在这里，我想起了自己曾经参观过的各种前人的墓地，"科拉松说，"你会怀念那些自己从不认识的人吗？"

"是的，"我说，"我认识的人没有几个。"

在赛琳娜的墓地又待了几分钟之后，我们穿过墓园，回到路上，出租车司机在那里等着我们。

科拉松让他送我们去市中心的码头。

司机十分健谈。"送你们来赛琳娜的墓地是我无上的荣幸，"他说，"我总是说，把游客们带到这里，相当于用我自己的方式使赛琳娜活了过来。"

假如艾普尔·梅也在这里，她会说："哎呀，这个人可真会赚小费！"

下车时，科拉松多给了司机五美元小费。

"我们去水边吧。"科拉松说。

我们顺着码头朝前走，经过高大的帆船和摩托艇，来到漫长步道的尽头，盘腿坐在木板上，看着眼前的海湾。

深蓝色的海水让我想起了放学后的那些下午，我和艾普尔·梅会跑到河边抽烟，她是唯一了解我的人，知道如何挑畔我才能让我脱掉鞋子，把脚浸没在短吻鳄出没的水域。假如我住在有屋顶的正经房子里，她早就想办法怂恿我从屋顶上跳下去了。

我九岁那年，她撺掇我喝啤酒，说那样会让我说真话，结果我喝醉了，她趁机问我各种问题，比如我父亲是谁、我敢不敢杀人。

但艾普尔·梅不会怂恿我闭着眼睛穿过高速公路，因为她知道我真的做得出。

科拉松和我靠坐在一起，在市政码头看着海湾，我的上臂摩擦着她的上臂，这让我想起我们在不小心碰到别人的时候总会说对不起。但我现在并不觉得抱歉。我又往她身上靠了靠，我们的膝盖也碰在了一块儿。

"假如我不是我，我就会过上其他人的生活，"科拉松说，"但我没法逃离我的人生，因为它是我的人生。"

远处，一艘帆船展开了帆，它随风鼓荡开来，好像一件飘摇的婚纱。

我们旁边有两个男孩在放风筝，一只红风筝，一只蓝风筝。

风声将我包围，撼动一切，整个世界摇摆不定。

2002年6月10日，星期一，那支杀死了赛琳娜的点38"金牛座"五发左轮被锯子切成了五十块，扔进科珀斯克里斯蒂湾，是得克萨斯州地区法院的法官何塞·朗格利亚下令销毁这件武器然后扔进海里的。

假如艾普尔·梅也在这里，她会说："那个白痴法官竟然想把一支枪大卸八块，这又有什么用？"

我凝视着这个以基督的身体命名的海湾，它现在也是枪支的坟墓。

我知道现在即使艾普尔·梅灌醉我、给我连上测谎仪，我也说不出自己是谁。

第三十七章

然后怎么办？我从来没想过拜访了赛琳娜的坟墓之后会发生什么事。科拉松就这么把我拉扯进她的人生，她是扫帚，我是灰尘。

我就像个没脑子、爱开快车又喝得太多的孩子，把冒险视为家常便饭。

在前往拉雷多与雷伊见面的路上，我想到了利奥，我很想回到布罗德斯基先生干净的房子里。

我觉得自己现在需要掉头，来个U形转弯，这让我想起了妈妈和我假装公路旅行的时候，她说："好了，我们出发吧，用力踩刹车，超过限速……我们掉头吧，U形转弯，往回开。"

在开往拉雷多的灰狗巴士上，我一心想着回去，想念我的"水星"车、淡而无味的牛奶、雷达杀虫剂的味道，还有糖块溶化在舌尖的感觉。

然而我过去的人生只剩下了孤零零躺在河床上的那支"十字架上的耶稣"牙刷。

我问科拉松身上有没有小袋的糖，她喜欢顺手偷一些糖包和茶包，她的钱包里总是塞着一路上顺来的各种小玩意儿。

然而科拉松只有一小包甜味剂。聊胜于无。我拆开包装，把甜味剂的粉末倒在手掌上，舔了起来。许多东西都是聊胜于无。

"我还从没见过谁这么干吃甜味剂的。"科拉松说。

我以前也没见过。

事实证明，瞻仰赛琳娜墓地的兴奋劲儿过去之后，我能想到的只有我妈妈和利奥。

无尽的悲伤攫住了我，科拉松全都看在眼里。

第三十八章

拉雷多的河畔酒店靠近格兰德河和美墨边境，建筑已然破败，花盆里的植物早就死了，大厅里的瓷砖地板满是裂缝，游泳池里没有水，只有几个旧塑料球。我想，孩子们只能顺着金属梯子爬下去，在没有水的池子里玩球。

酒店建在高速公路的一侧，卡车驶过的声音不绝于耳。

前台的女人跟科拉松很熟，用夹杂英语的西班牙语问候她，她说雷伊已经为我们办了入住手续，甚至专门给我订了一间房。

"雷伊喜欢这个地方，因为这里总是空着没人住。"往房间走的时候，科拉松说。一排房门正对着停车场，我俩的房间是相邻的。

"我们过会儿见，"科拉松说，"收拾下你的东西，冲个澡。"

科拉松激动得喘不过气来，我熟悉那种兴奋，我见过我妈妈这样，利奥快要放学回家的时候，我也会有这种感觉。她的眼睛在寻找雷伊，她知道他就在附近。

我的酒店房间里的味道闻起来像薰衣草和香草味的清洁剂，我妈妈经常从退伍军人医院偷这种清洁剂，用它擦洗"水星"的内部，因为佛罗里达气候潮湿，车厢里的装饰和地毯很容易长霉斑。每次打扫完之后，车厢里的清洁剂味道好几天都不会散。

我把包放在床上，拉开拉链，首先把伊莱的小黑枪拿出来，它包在我的T恤里。我在房间里看了一圈，然后把它藏在了床上的枕头底下。

我有点后悔，觉得当时也许应该把枪留在"水星"里，跟多米诺糖块和麦圈盒子放在一起。

来拉雷多的路上，科拉松提醒我这个酒店相当破烂，但对于一个从小住在汽车里的人来说，什么酒店都像宫殿一样，哪怕床单和地毯里有蟑螂和污渍。

我真的很想洗个热水澡，但我更想抽支烟。科拉松那里有烟，于是我决定出去找她，等抽完了烟再洗澡。

我敲了敲她的房门，她没有开门，只是问谁在敲门。

"是我，珀尔，"我说，"我。"

"你想要什么？"她问。

门依然关着。

过了一会儿，科拉松把门敞开一条缝。"等一会儿。"她说，然后走进房间，把我留在门口。

我把门推开一点，向里窥探。

房间里有两张大号双人床。

先前在灰狗巴士上的那四个行李袋摆在其中一张床上，拉链开着。另一张床上按照从大到小的顺序搁了一排枪，有人似乎打算清点它们的数目。到处都是皱皱巴巴的报纸，看起来就像生日派对上随处可见的礼物包装纸，只不过这些报纸是用来包装枪支的。

科拉松从包里取出香烟，转过身来，恰好看到我站在门口往里看。

"噢，真是的，你快进来吧，过来和我一起抽。"科拉松说，"不过没有坐的地方，我连行李箱都没地方放，雷伊把枪摆得到处都是！"

科拉松的行李箱靠在浴室门口，还没有打开过。

"你瞧，雷伊打算数数它们有多少，他谁都信不过。数完之后他会再把它们包起来。他这么做没有错，因为假如有四十八支枪，雷克斯牧师会说有五十支。他总是搞小动作骗我们。你知道吧。"

"这些枪是雷克斯牧师的？"

"是的，当然，"科拉松说，"没错。"

"这么说，伊莱也在这里？"

"是的，当然。"

"雷克斯牧师也来了？"

"没有，他和伊莱大吵了一架，他有段时间没联系我们了，因为他说你妈妈被杀毁掉了所有人的生意。没错，警察发现了我们的枪，我们只能离开那里，以前的东西也不能要了。"

我知道雷克斯牧师的房车、科拉松和雷伊的房车会在露营公园空置许多年，那里到处都是废弃车辆，全国各地的车都有。我也知道，没有我作伴，艾普尔·梅永远不敢独自一人钻进雷克斯牧师的房车探险。

"所以这里只有伊莱？我会见到他吗？"我问，他的名字在我心里发出敲钟般的声音。

"是的，当然。"

我的脑子里响起了路易斯安那·莱德的那首歌：你和我

绑在一起，姑娘，即使你偷偷溜走，我也能感觉到你甜蜜的召唤，我会在夜幕降临前找到你，因为你和我绑在一起，我能感觉到你甜蜜的召唤。

接着我听到了我妈妈的声音，她用一种祷告结束、说完"阿门"之后的语气说："坏运气也是聊胜于无。"

第三十九章

"你可以帮我打包这些枪,雷伊已经清点完了,现在他有别的事要忙,还要去车库取车。要是你来帮我,速度会快一点。坐了那么长时间的破巴士,我现在只想洗个澡。"

我踩着那些皱巴巴的报纸走进房间,推开空行李袋,坐到床边,帮科拉松把枪包起来。帆布袋子里飘出一股浓烈的醋味。

我看着周围的报纸,想起雷伊在露营公园后面的垃圾场寻找报纸的样子,他还从运垃圾的人那里收购报纸。科拉松和雷伊的房车外面更是存放着成堆的报纸。每逢雨天,科拉松会割开许多大塑料袋,盖在车外的报纸堆上,防止它们被雨水淋湿。

我看看填满河畔酒店房间的报纸，又看看另一张床上的枪。

我的心里没有任何歌声响起。

"帮帮我，"科拉松说，"我们很快就能干完。"

我拿起一支步枪，上面的标签上有我的笔迹。

我把一支DPMS猎豹武装突击步枪包起来，看了看包裹它的报纸，上面写着：

> 佛罗里达米科苏基印第安部落要求族人拥有至少一半的米科苏基印第安血统，他们欢迎妈妈是米科苏基人且不曾加入其他部落的个人加入部族。米科苏基人是母系社会，奉行母系继承制，孩子通过生身母亲和母系家族确立本人在部落中的地位。

我又包好一支史密斯威森M＆P突击步枪，包着它的报纸上写着：

> 据普特南县警长办公室的一份报告称，接到一起森林火警电话之后，警长办公室派遣警员顺藤摸瓜，捣毁了一处设在棚屋中的冰毒作坊。

我包起一支点22口径的马克野人二代步枪，包它的报纸上写着：

在超轻型飞机的帮助下，濒临灭绝的美洲鹤完成了一年一度的冬季迁徙，顺利抵达佛罗里达。

我包起一支德尔顿突击步枪，所用的报纸上写着：

佛罗里达州的一位法官将考虑在听证会上与一位妈妈达成协议，她开着小型货车把自己的孩子送进了德通纳海滩的海里。案发的同一天早晨，警察逮捕了一位居住在佛罗里达中部的父亲，两周前，他五岁的儿子射杀了自己两岁的弟弟。还是这一天早晨，一位三个孩子的妈妈于周四被捕，有人发现，她的子女之一独自走在公路上。这名只有十二岁的儿童背着行李袋和背包，打算离家出走。当局表示孩子无法说出自己的家庭住址。

我一边包一边读，接下来我读到的是桥牌专栏。
按照大小把枪堆放在一起的时候，我读到了星座专栏：

金牛座，有时候你最喜欢的东西并非你最喜欢的；建议处女座出门旅行或者发展一段浪漫关系。

这些都是我包起来的枪：三支点223口径的AR-15步枪、贝雷塔PX4"风暴"手枪、格洛克手枪、史密斯威森手枪、"金牛座"手枪、点40口径半自动手枪、点45口径格洛克、贝雷塔手枪、两支史密斯威森半自动手枪、雷明顿霰弹枪和布什马斯特XM-15步枪。包装的过程中，我看了报纸上的漫画、分类广告、体育专栏、天气预报、电视指南和出生通知。

我还读了所有的讣告。

第四十章

当天深夜，有人轻轻敲响我的房门。

我没有起来，而是提高声音说："请进。"

我确信敲门人是科拉松，我猜她是来拿被我带回房间的打火机的。

门开了。

看到他之前，我先听到了他的声音。

"你在这里干什么，小丫头？"

伊莱站在门口，停车场里的灯光勾勒出他身体的轮廓，头上的帽子让他的脸隐没在阴影中。他连半夜的时候都戴着帽子。在伊莱的世界里，月亮比太阳还要灼热。

我坐起来，把被单拉到胸口。

他系着"别回来先生"的银色牛仔腰带，腰带扣上有只金鹰，圆润的翅膀展开着，位于扣环的正中央。

伊莱用他唱歌般的嗓音对我说的第二句话是："噢，甜蜜的小可爱，漂亮的小宝贝，你的头发怎么了？"

"染了。"

"为什么？你要参加选美吗？你准备逃跑吗？"

"也许吧。"

"是科拉松把你骗来的，还是你非要跟着她来的？"

"也许吧。"

他说："难道你只会说这三个字吗？'也许吧'？"

"也许吧。"我说。

"我猜她欠了你的钱，否则你脖子上的那串珍珠是从哪儿来的？"

"你满脑子想的都是谁欠了谁的钱吗？"

"我只不过是说说而已。"

伊莱关上我房间的门，向我慢慢地走过来。

我咀嚼着我对他的仇恨。

老鹰掠过高高的草丛，飞上蓝色的夜空，冲向电话线缆。

停车场里有人说话，我知道那里有印第安人的鬼魂。我听见他们走过眼泪之路时的低语：安全，安全，安全，伟大的辉煌即将启幕。

这是我第二次和伊莱独处，第一次是我发现他赤身裸体坐在雷克斯牧师的床上的时候，当时他的腿上摆了一把霰弹枪。

伊莱离我的床只有两步之遥。

我说："站住。"

"嘘，嘘，嘘，小点声，"他说，"我们都需要一个用来依靠的肩膀。"

"出去。"

"听着，珀尔，"伊莱说，"我也想念玛格特，她去了天堂。"

当他提到玛格特时，我听见我妈妈的名字在他的心里面发出声音，他像偷钱那样偷走了她的名字，把它藏在那儿，又像是从旅馆房间偷走《圣经》。

"你当然会想她，"我说，"我猜你一直在想着她，见到她的女儿，你甚至连帽子都忘了摘[1]。"

伊莱摘下帽子，放在床上。

"你是个骗子。"我说。

1　指脱帽致哀。

"啊，小偷叫我骗子？"

我伸手拿出枕头下的那把枪，举起来对准他。

伊莱看着枪，终于不再朝我这边走了。

"别过来。"我说。

"嘿，嘿，嘿。珀尔，你在干什么？"

"还记得吗，是你给了我们这把枪，伊莱先生，"我说，"你没忘吧？你告诉我妈妈，这是为了我们的安全。"

"我确实希望你们安全，住在汽车里的年轻女人和小女孩假如没有枪，可能并不是好事。把它放下。"

"说出你的遗言吧，"我说，"你打算说什么？"

"拜托，嘿，珀尔，把枪放下，别闹。"

"你来我房间干什么？你为什么到这里来？很晚了。"

"我只想告诉你，我是你的朋友。我想安慰你。要是你放下枪，我还会告诉你，你爸爸是谁。你可爱的妈妈从来没对你说过。我知道。玛格特告诉我你不知道他是谁。"

"我不相信你，伊莱先生。"

"她不想让你自作主张去找他，你妈妈不希望你把事情搅乱。"

我只知道我想开枪打死他。他是个阴险狡诈的诡计大师。

"放下枪，"伊莱说，"珀尔，可爱的小贝壳，放下枪，我来告诉你，听着，你爸爸就是那个弹钢琴的，你知道吗，就是给你妈妈上钢琴课的那个人。"

"别骗人了，你觉得这样就能侥幸骗过我？"

"那个弹钢琴的喜欢吃方糖。"

我屏住呼吸，紧紧抓住我妈妈曾经在河边教给我怎么用的那把枪。

"你爸爸的口袋里总是装着方糖。"

伊莱没撒谎。

我妈妈在仪表板上弹琴时，我并不知道她是在为我父亲演奏。

我是在各种各样的音符、谱号、曲调、旋律、乐段、和弦、琶音里面诞生的，节拍器心跳般地叫嚣着：爱情、爱情、爱情、爱情、爱情、爱情、爱情、爱情。

但伊莱本可以知道得更多，他能对一个成年女子甜言蜜语，却无法蒙骗刚刚得知自己父亲是谁的小女孩。伊莱·雷德蒙不知道的是，他面对的是一个喜欢冒险、无惧挑衅的冒失鬼。

我对他不会有半分同情。

在今晚的这个房间里，完全不存在"仁慈""怜悯"之类的词汇。

我低头看着自己的手和手指上我父亲的蓝色蛋白石戒指。

伊莱本应明白一个道理：午夜时分不会有好事发生。

我抬头看向伊莱，举枪瞄准，扣下扳机。这一枪是为了我的妈妈。我听到她在我心里指挥乐队，唱起了蓝调。

第四十一章

清理酒店房间里的指纹是一件实实在在的善举。

听到我杀死伊莱的那一声枪响，科拉松来到我的房门口。

"珀尔，你在里面吗？"她敲着门问。

我没回应。

科拉松推开门。

我仍然坐在床上，盖着被子。伊莱倒在地板上，我没有打偏。

科拉松处理好了一切。我坐在床上一遍又一遍地回想伊莱死去的那一幕的时候，她擦掉了所有地方的指纹，每当我低头看向倒在地上的他，他都会再死一遍，我的目光就是子弹。

科拉松像打扫派对结束后留下的气球、一次性纸杯、巧克力碎屑和糖霜那样处理好了一切，就像扯下装饰飘带和清扫五彩纸屑那样轻松熟练。

忙完之后，她帮我穿好衣服，仿佛把我当成只有六岁的小孩，亲自为我系紧衬衫纽扣、提好牛仔裤、拉上拉链，跪在地上给我系运动鞋的鞋带。

她打包了我所有的东西。

然后她拿起我搁在床上的枪，塞进自己的牛仔裤左前口袋。

我知道我会爱她一辈子，因为她丝毫没有生气，也没有责骂我。

科拉松带我去她的房间，给了我一杯水。

"听着，"科拉松说，"我们要去墨西哥。雷伊明天早晨会来接我们，开车带我们越过边境。我们需要尽快离开这里。在我家乡的小镇上，你会是全镇皮肤最白的人，他们见过金发女郎，但除了天生就有白化病的驴子，他们没见过你这么白的女孩。有人在阿卡普尔科看到过白色的海豚，这事儿还上了报纸。"

我知道我妈妈会说："你遇到的事情并没有写在羔羊的生命册上。"

据我所知，我家里所有人的名字都不在那本书里面。

科拉松告诉我，那两个为雷伊工作的人——就是在莫比尔车站接货的那两个男人——会处理伊莱的尸体。

"你什么都不用担心，"她说，"雷伊会搞定一切。"

科拉松从房间的垃圾桶里掏出剩余的报纸，把我用来复仇的枪包了起来，拉开行李袋的拉链，把它和其他手枪放在一起。

"这把枪必须跟别的枪一起运走。"科拉松说。

"雷伊会生气吗？"我问。

"当然不会，"科拉松说，"地球上没人喜欢伊莱·雷德蒙。"

我听到自己的心里传来脚步声。

我们在旅馆房间坐了一整晚，一根接一根地抽烟。

我们都知道，在如此漫长的夜晚，只有吸烟才能让自己活下去。

第四十二章

雷伊早晨过来时，科拉松和我依然坐在房间里守着伊芙的尸体，没有半分睡意。床头柜上放着两个装满烟头的塑料水瓶，好像两只漂流瓶。

雷伊推开紧闭的房门，发现我们被浓重的烟雾包围，四周是装满枪的行李袋。

我站起来，溜出了房间。我不想听到科拉松告诉雷伊发生了什么，不想听别人用言语描述我的人生。

我走出酒店，呼吸着凉爽清新的晨间空气，看也不看隔壁房间，伊莱正躺在里面的地板上。

卡车和汽车一辆接一辆地沿着高速路行驶，我尝到了柴油和废气的味道。酒店停车场的灰色水泥地面上覆盖着一层细密的晨露。

我抬头望去，月亮还挂在天上，因为夜晚不会很快离开，它会苟延残喘到最后一刻。

几分钟后，雷伊和科拉松来到外面，分别提着个沉重的袋子，袋子里装满了枪。

雷伊与我擦肩而过，径直朝汽车走去，我早料到他不会说一个字。

科拉松走到我旁边，把袋子放在地上。

"别担心，"她说，"我告诉过你，雷伊不会生气的。他只说'迟到总比没有好'，意思是他希望这事早点发生。你知道，雷伊不那么在乎这种事，他说你不过是拍死了一只苍蝇。"

我和科拉松走到车前，雷伊把两个行李袋放进后备厢，把另一个袋子搁在后排座。

他看看我，指了指汽车。

我明白了他的意思。

科拉松打开车门，我钻进去，躺在后排座的那一袋子武器上，起初它们有些硌人，后来我不停地扭动身体，终于找到了最舒服的位置。我仰躺着，这样可以看到后车窗。

我的身体和狩猎步枪一样长。

科拉松把第四个袋子也拿进来，里面都是手枪，她把它轻轻地放在我的身上。

等到我也适应了这个袋子之后，我能透过帆布感觉到几十把手枪和包在它们外面的报纸的重量。伊莱的枪也在其中，它是个不错的旅伴。

"你就这么躲着，"科拉松说，"没人能看见你。"

我回家了。我这一生都是在汽车里度过的，现在我睡在我妈妈的卧室里。

科拉松说，他们每个月都会贿赂边防警卫，对方会让他们把枪运进墨西哥，但运孩子可能会引起麻烦。

"等我们越过边境，你就出来，跟我一起坐在前排，"她说，"不用太长时间，别担心。但愿路上不要堵车。我们只要过了桥就万事大吉了。"

雷伊发动引擎，倒车，慢慢地驶离旅馆，远离伊莱·雷德蒙，朝边境进发。

科拉松一直在说话，她在用自己的话填补我的沉默。

"你会看到的，"她说，"墨西哥是世界上最美丽的国家，这是真的。你会爱上她的。那里人人都说西班牙语，但我们也明白沉默是金，知道爱上一个人时并不一定需要告诉对方。只要去了那里，你就不想走了。也许你会出名，在派对上唱歌。我会把每一样东西都指给你看。这不会是一场梦。"

透过压在我身上的行李袋旁边的小缝隙，我仰望车窗外面的天空。

"要下雨了，"科拉松说，"看看那些乌云。"

几滴雨落了下来。

我想起寄养之家的利奥，他现在一定还在床上睡觉，躺在浸透了我为妈妈流下的眼泪的枕头上。

"我们正在越过边境。"科拉松说。

我知道有一天我会返回美国找利奥，在人生的黄页簿里寻找我父亲的名字。

"我们上桥了，"科拉松说，"这是华雷斯-林肯大桥[1]。我们在过河。"

我看着天空，第一次呼吸到了不属于任何国家的空气。

几滴大雨点落在玻璃窗上，雨慢慢地下了起来，清晨的雷声响起，雨水像流血一般淌下窗户。

早晨变得像夜幕降临般黑暗。

在墨西哥那边的入境口岸，一名边防警卫拦住我们，拍

1　坐落于美墨边境的格兰德河之上，连接美国的拉雷多市和墨西哥的新拉雷多市。

了拍驾驶座一侧的车窗。

"别动，珀尔，"科拉松对我说，"别喘气。"

"钱在我这里。"雷伊停下车，关了发动机，科拉松说。

雷伊按动开关，我听见司机那边的电动车窗降下来，还听到纸张沙沙作响，那是他把一个黄色的牛皮纸信封递给了警卫。

两人用西班牙语说了几句，雷伊发动了车，开着它驶向高速路。

我们把暴风雨留在了身后的美国。

"别害怕，"科拉松说，"雷伊喜欢开得很快，他不在乎限速。"

车速表上的指针向上移动，车厢被阳光点亮，科拉松放下窗户，温暖的微风吹进车里。

雷伊加大车速，越来越快地进入墨西哥，天空跟着变成了蓝色。

我躺在枪上，心知自己躺在那些已然发生的死亡和即将到来的死亡之上。

阳光和速度让我昏昏欲睡，我放松下来，两大袋枪仿佛摇篮，拥抱着我的身体。

在我的白日梦里，我感觉自己置身骷髅堆，那些枪就是

X射线下长长的腿骨、短短的尺骨和肋骨，X射线下支离破碎的肢体。我嗅着火药的味道，也许还有铁锈和血液的味道，血液和铁锈。动物的灵魂和人类的灵魂环绕着我，我听到一首赞美之歌。掌声。我听到它们对我说：珀尔，珀尔，珀尔，祝贺，祝贺，祝贺。

致　谢

感谢约翰·西蒙·古根海姆纪念基金会和圣马达莱娜基金会，感谢匹兹堡"庇护之城"，感谢墨西哥文化与艺术国家基金会，感谢理查德·科特尼·布莱克摩、苏珊·萨特里夫·布朗和葡萄牙的克劳迪娅·萨拉斯。

马上扫二维码，关注"熊猫君"

和千万读者一起成长吧！

图书在版编目（CIP）数据

睡在汽车里的女孩 / （美）珍妮弗·克莱门特著；
孙璐译 . —— 上海：上海文艺出版社，2019.8
（读客外国小说文库）
ISBN 978-7-5321-7213-9

Ⅰ . ①睡… Ⅱ . ①珍… ②孙… Ⅲ . ①长篇小说 – 美
国 – 现代 Ⅳ . ① I712.45

中国版本图书馆 CIP 数据核字（2019）第 094743 号

责任编辑：毛静彦
特邀编辑：武姗姗　孟　南
封面设计：陈艳丽

睡在汽车里的女孩

[美] 珍妮弗·克莱门特　著
孙　璐　译

上海文艺出版社出版、发行
地址：上海绍兴路7号
电子信箱：cslcm@publicl.sta.net.cn
网址：www.slcm.com

新华书店经销　三河市龙大印装有限公司印刷
开本 890毫米×1270毫米　1/32　9.25印张　字数 151千字
2019年8月第1版　2019年8月第1次印刷
ISBN 978-7-5321-7213-9/I.5751
定价：42.00元